庆祝新中国 70 周年朗诵诗选

我亲爱的祖国

李少君◎主编

中国言实出版社

图书在版编目（CIP）数据

我亲爱的祖国：庆祝新中国 70 周年朗诵诗选 / 李少
君主编 . -- 北京：中国言实出版社，2019.5
ISBN 978-7-5171-2854-0

Ⅰ.①我… Ⅱ.①李… Ⅲ.①朗诵诗—诗集—中国—
当代 Ⅳ.① I227

中国版本图书馆 CIP 数据核字（2019）第 066050 号

出 版 人：王昕朋
总 监 制：朱艳华
责任编辑：肖　彭
责任校对：张　强
出版统筹：冯素丽
责任印制：佟贵兆
封面设计：杰瑞设计

出版发行　中国言实出版社
　　　　　地　　址：北京市朝阳区北苑路 180 号加利大厦 5 号楼 105 室
　　　　　邮　　编：100101
　　　　　编辑部：北京市海淀区北太平庄路甲 1 号
　　　　　邮　　编：100088
　　　　　电　　话：64924853（总编室）　64924716（发行部）
　　　　　网　　址：www.zgyscbs.cn
　　　　　E-mail：zgyscbs@263.net
经　　销　新华书店
印　　刷　北京虎彩文化传播有限公司
版　　次　2019 年 5 月第 1 版　　2019 年 5 月第 1 次印刷
规　　格　710 毫米 ×1000 毫米　1/16　15 印张
字　　数　266 千字
定　　价　88.00 元　　ISBN 978-7-5171-2854-0

编选说明

2019年是新中国成立70周年。70年，走过了风雨兼程，经历了沧桑巨变，取得了辉煌成就。生活在新中国伟大时代的诗人们以饱满的激情、火热的语言、豪迈的风格、蓬勃的憧憬记述了新中国成立以来值得铭记的重要事件、伟大人物和珍贵时刻，表达了对祖国的热爱和崇敬之情。本书以"我亲爱的祖国"为主题，从成千上万首优秀诗作中精心遴选了70首以歌颂祖国为主题的诗作，既有《新华颂》《我们最伟大的节日》《相信未来》《祖国啊，我亲爱的祖国》《热爱生命》等读者耳熟能详的经典诗篇，也有《中国天眼》《起飞中国》《港珠澳大桥》《复兴号，开往沂蒙的春天》等新时代的颂歌，具有较高的思想性、艺术性、史料性，是新中国70年光辉历程的一个缩影，也是向祖国母亲70华诞献上的一份珍贵礼物。70首诗篇如一颗颗明珠，闪耀在中国人民70年不懈奋斗、砥砺前行的道路上，点缀着祖国母亲年轻美丽的容颜。70首诗篇如出征的战鼓，读后给人自豪与力量，使人深思和奋发。

本书收录的70首诗歌，主要以作品创作时间或反映的时代主题为序，为读者提供了歌颂祖国诗篇的范本。全书版式疏朗有致、字号宽大端庄，适于朗诵。

编　者

2019年5月

目 录

新华颂

郭沫若

一

人民中国，屹立亚东。

光芒万道，辐射寰空。

艰难缔造庆成功，

五星红旗遍地红。

生者众，物产丰，

工农长作主人翁。

使我光荣祖国，

稳步走向大同。

二

人民品质，勤劳美德。

巩固国防，革新传统。

坚强领导由中共，

无产阶级急先锋。

工业化，气如虹，

耕者有田天下公。

使我光荣祖国，

稳步走向大同。

三

人民专政，民主集中。

光明磊落，领袖雍容。

江河洋海流新颂，

昆仑长耸最高峰。

多民族，如弟兄，

四面八方自由风。

使我光荣祖国，

稳步走向大同。

我们最伟大的节日

何其芳

1949 年 9 月 21 日，中国人民政治协商会议第一届全体会议在北京开幕。毛泽东主席在开幕词中说："我们团结起来，以人民解放战争和人民大革命打倒了内外压迫者，宣布中华人民共和国的成立了。"他讲话以后，一阵短促的暴风雨突然来临，我们坐在会场里面也听到了由远而近的雷声。

9 月 30 日，中国人民政治协商会议第一届全体会议选出了以毛泽东主席为首的中央人民政府委员会，胜利闭幕。10 月 1 日，北京人民 30 万人在天安门广场庆祝中华人民共和国中央人民政府的成立。新的国旗在广场中徐徐上升。毛泽东主席宣读中央人民政府公告。公告宣读毕，阅兵式开始。最后，群众队伍从广场绕到主席台下，热烈地欢呼"中华人民共和国万岁！""毛主席万岁！"毛泽东主席在扩音机前大声地回答："同志们万岁！"

一

中华人民共和国

在隆隆的雷声里诞生。

是如此巨大的国家的诞生，
是经过了如此长期的苦痛
而又如此欢乐的诞生，
就不能不像暴风雨一样打击着敌人，
像雷一样发出震动着世界的声音……

二

多少年代，多少中国人民
在长长的黑暗的夜晚一样的苦难里
梦想着你，
在涂满了血的荆棘的道路上
寻找着你，
在监狱中或者在战场上
为你献出他们的生命的时候
呼喊着你，

多少年代，多少内外的敌人
用最恶毒的女巫的话语
诅咒着你，
用最顽强的岩石一样的力量
压制着你，

在你开始成形的时候
又用各种各样的阴谋诡计
来企图虐杀你。

你新的中国，人民的中国呵，
你终于在旧中国的母体内
生长，壮大，成熟，
你这个东方的巨人终于诞生了。

三

终于过去了
中国人民的哭泣的日子，
中国人民的低垂着头的日子；

终于过去了
日本侵略者使我们肥沃的土地上长着荒草，
使我们肚子里塞着树叶的日子；

终于过去了
美国的吉普车把我们像狗一样在街上压死，
美国的大兵在广场上强奸我们的妇女的日子；

终于过去了

中国最后一个黑暗王朝的统治！

四

蒋介石，帝国主义和封建主义杂交而生的蒋介石，

现代中国人民的灾难的代名词，

他用血来吓唬我们，

他把中国人民的血染遍了中国的土地。

但中国人民并没有被征服。

前年十月，

毛泽东指挥我们开始大进军，

并颁布了一连十五个"打倒蒋介石"的口号。

那是中国人民在心里郁结了许多年的仇恨。

那是最能鼓舞我们前进的动员令。

我们打过了黄河，打过了长江，

蒋介石匪帮

就像兔子一样逃跑，惊慌。

毛泽东，我们的领导者，我们的先知！

他叫我们喊出打倒日本帝国主义，
日本帝国主义就被我们打倒了！
他叫我们喊出打倒蒋介石，
蒋介石就被我们打倒了！
他叫我们驱逐美帝国主义出中国，
美帝国主义就被我们驱逐出去了！

都打倒了，都滚蛋了，都崩溃了，
所有那些驶行在我们内河里的外国的军舰，
所有那些捆绑着我们的条约，法律，
所有那些臭虫，所有那些鹰犬！
虽然他们现在还窃据着几小块土地
像打破了船以后抓着几片木板，
很快就要被人民战争的波涛所吞没了！

毛泽东呵，
你的名字就是中国人民的力量和智慧！
你的名字就是中国人民的信心和胜利！

五

毛泽东向世界宣布：

中华人民共和国诞生了。

毛泽东向世界宣布：

我们已经站起来了，

我们再也不是一个被人侮辱的民族了。

欢呼呵！歌唱呵！跳舞呵！

到街上来，

到广场上来，

到新中国的阳光下来，

庆祝我们这个最伟大的节日！

六

北京和延安一样充满了歌声。

五星红旗在这绿色的城市中上升。

密集的群众的海洋：

无数的旗帜在掌声里飘动

就像在微风里颤动的波浪。

在毛泽东主席的面前

我们的海军走过，

我们的步兵走过，

我们的炮兵走过，

我们的战车走过，

我们的骑兵走过，

我们的空军在天空中飞行，

群众的队伍从广场上绕到

毛泽东主席的面前来喊着：

"毛主席万岁！"

毛泽东主席回答着：

"同志们万岁！"

这是何等动人的欢呼！

这是何等动人的领袖与群众的关系！

跳跃着喊！

舞动着两个手臂喊！

站在主席台下望着毛泽东主席不愿离开地喊！

把这个古老的城市喊得变成年轻！

把旧社会留给我们身上的创伤和污秽

喊掉得干干净净！

举着红灯的游行的队伍河一样流到街上。

天空的月亮失去了光辉，星星也都躲藏。

呵，我们多么愿意站在这里欢呼一个晚上！

我们多么愿意在毛泽东的照耀下

把我们的一生献给我们自己的国家！

七

让我们更英勇地开始我们的新的长征！

我们已经走完了如此艰辛的第一步，

还有什么能够拦阻

毛泽东率领的队伍的浩浩荡荡的前进！

国旗

严辰

十月的清新的风，
吹过自由中国的广场，
耀眼的五星红旗，
在蓝色的晴空里飘扬。

旗啊，你庄严又美丽，
就像刚开放的花朵一样；
你是英雄们的鲜血涂染，
从斗争的烈火里锻炼成长。

我们，全体中国人民，
曾经日夜不停地织你，
我们织你用生命和爱情，
用自由幸福的崇高的理想。

当你在祖国的晴空升起，

我们所有的眼睛都注视着你，
所有的喉咙呼喊你，歌颂你，
所有的手都卫护你，向你敬礼！

当你在祖国的晴空升起，
一切事物迅速地起着变化，
陈腐的要新生，暗淡的要有色彩，
衰老的变年轻，丑陋的变漂亮。

愁苦的得到了快乐，
污浊洗净，黑暗的发出光芒，
沉默的无声的国土，
到处爆裂出雷动的笑声和歌唱。

国旗呵，你是战斗的意志，
表现了我们无穷无尽的力量，
你被人民百年来所追求，
又指引人民去到新社会的方向。

太阳会落下，
河水会干涸，
你——中国人民胜利的旗帜，
却永远年轻，永远高高地飘扬在世界上！

军帽底下的眼睛

胡昭

透过炮火，透过烟雾，

那军帽底下

闪动着一对眼睛，

它们在四下搜寻。

从一个伤员爬向一个伤员，

她望着同志们坚毅的眼睛，

轻声地说："不要紧……"

每个指尖都充满疼爱，

她包扎得又快又轻。

我想起妹妹的眼睛，

那么天真而明净，

我想起妈妈的眼睛，

那么温暖那么深……

深深地望了她一眼，

我回身又扑向敌人。

无论黑夜或白天，

不管我守卫，我冲锋……

我眼前常闪动起那对眼睛，

这时，我就把枪握得更紧，

我就更准地射击敌人。

我要保卫那对眼睛——

妹妹的眼睛，妈妈的眼睛，

我亲爱的祖国的眼睛！

祖国，我回来了

未央

车过鸭绿江，

好像飞一样。

祖国，我回来了！

祖国，我的亲娘！

我看见你正在

向你远离膝下的儿子招手。

车过鸭绿江，

好像飞一样，

但还是不够快呀！

我的车呀！

你为什么这么慢？

一点也不懂得

儿女的心肠！

车过鸭绿江，

江东江西不一样。

不是两岸的

土地不一样肥沃秀丽；

不是两岸的

人民不一样勤劳善良。

我是说：

江东岸——

鲜血浴着弹片；

江西岸——

密密层层秫秸堆，

家家户户谷满仓。

我是说：

江东岸的人民，

白天住着黑夜一样的地下室；

江西岸的市街，

夜晚像白天一样亮堂！

祖国呀，

一提起江东岸，

我的心又回到了朝鲜前方。

车过鸭绿江，

同车的人对我讲：

"好好儿看看祖国，同志！

看一看这些新修的工厂。"

一九五三年

是我们五年计划的头一个春天——

春天是竹笋拔尖的季节，

我们工厂的烟囱

要像春天的竹笋一样！

老人们都说：

孩儿不离娘。

祖国呀，

在前线，

我真想念你！

但我记住一支苏维埃的歌：

"假如母亲问我去哪里，

去做什么事情，

我说，我要为祖国而战斗，

保卫你呀，亲爱的母亲！……"

在坑道里，

我哼着它，
就像回到了你的身旁；
在作战中，
我哼着它，
就勇敢无双！

车过鸭绿江，
好像飞一样。
祖国，我回来了，
祖国，我的亲娘！
但当我的欢喜的眼泪
滴在你怀里的时候，
我的心儿
却又飞到了朝鲜前方！

我站在祁连山顶

李季

像一个守卫边疆的战士，

我昼夜站在祁连山顶。

我站在那雄伟的井架下面，

深情地照料着我的油井。

虽然是严寒封锁了大地，

虽然是风沙吹打得睁不开眼睛；

不论什么时候我都不愿离开一步。

哪怕是寒冷得连鼻涕也冻结成冰。

在山顶上我一点也不觉得寂寞，

整天陪伴我的是那祁连群峰。

黑夜里，群山悄悄地隐入夜幕，

这时候，来拜访我的是北斗七星。

辽阔坦平的戈壁就在我的脚下，
行驶着的车队像一群小小的甲虫，
排成长列的白雪前来把我慰问，
乐队总是那高傲的小鹰的嗥鸣。

我见过黎明怎样赶走黑夜，
我见过破晓前最后熄灭的那颗晨星，
我见过坐着第一辆车去上工的兄弟，
我见过金光四射的太阳怎样升上天空。

西盟的早晨

公刘

我推开窗子，

一朵云飞进来——

带着深谷底层的寒气，

带着难以捉摸的旭日的光彩。

在哨兵的枪刺上，

凝结着昨夜的白霜，

军号以激昂的高音，

指挥着群山每天最初的合唱……

早安，边疆！

早安，西盟！

带枪的人都站立在岗位上

迎接美好生活中的又一个早晨……

回延安

贺敬之

一

心口呀莫要这么厉害地跳，

灰尘呀莫把我眼睛挡住了……

手抓黄土我不放，

紧紧儿贴在心窝上。

……几回回梦里回延安，

双手搂定宝塔山。

千声万声呼唤你，

——母亲延安就在这里！

杜甫川唱来柳林铺笑，
红旗飘飘把手招。

白羊肚手巾红腰带，
亲人们迎过延河来。

满心话登时说不过来，
一头扑在亲人怀……

二

……二十里铺送过柳林铺迎，
分别十年又回家中。

树梢树枝树根根，
亲山亲水有亲人。

羊羔羔吃奶望着妈，
小米饭养活我长大。

东山的糜子西山的谷，
肩膀上的红旗手中的书。

手把手儿教会了我，

母亲打发我们过黄河。

革命的道路千万里，

天南海北想着你……

三

米酒油馍木炭火，

团团围定炕头坐。

满窑里围的不透风，

脑畔上还响着脚步声。

老爷爷进门气喘得紧：

"我梦见鸡毛信来——可真见亲人……"

亲人见了亲人面，

欢喜的眼泪眼眶里转。

保卫延安你们费了心，

白头发添了几根根。

团支书又领进社主任，
当年的放羊娃如今长成人。

白生生的窗纸红窗花，
娃娃们争抢来把手拉。

一口口的米酒千万句话，
长江大河起浪花。

十年来革命大发展，
说不尽这三千六百天……

四

千万条腿来千万只眼，
也不够我走来也不够我看！

头顶着蓝天大明镜，
延安城照在我心中：

一条条街道宽又平，

一座座楼房披彩虹；

一盏盏电灯亮又明，

一排排绿树迎春风……

对照过去我认不出了你，

母亲延安换新衣。

五

杨家岭的红旗啊高高地飘，

革命万里起高潮！

宝塔山下留脚印，

毛主席登上了天安门！

枣园的灯光照人心，

延河滚滚喊"前进"！

赤卫队……青年团……红领巾，

走着咱英雄几辈辈人……

社会主义路上大踏步走，
光荣的延河还要在前头！

身长翅膀吧脚生云，
再回延安看母亲！

歌颂祖国

高士其

青山永远在

绿水不停流

祖国的天空多么明朗

祖国的土地多么温暖

钢水红似火

粮食比山高

祖国的资源多么雄厚

祖国的物产多么富饶

红旗到处飘

锣鼓震天响

祖国的歌声多么嘹亮

祖国的斗志多么昂扬

百花齐开放

万紫又千红

祖国的版图多么辽阔

祖国的人民多么欢乐

大山欢笑

孙友田

一阵炮，

大山喜得跳，

喊醒怀中黑宝：

快快！

别再睡冷觉，

春到人间，

快快提前去报到！

万年煤层打个滚，

一山乌金往外冒。

云散，

烟消，

寂静山林变热闹——

风钻响，

岩石笑，

军号鸣，

哨子叫，

锣鼓喧天红旗飘。

黑宝石，

往外跑，

满山满谷金光照，

一路大声喊：

我是煤，

我要燃烧！

我是煤，

我要燃烧！

戈壁日出

李瑛

当尖峭的冷风遁去，

荒原便沉淀下无垠的戈壁；

我们在拂晓骑马远行，

多渴望一点颜色，一点温煦。

忽然地平线上喷出一道云霞，

淡青、橙黄、橘红、绀紫，

像褐色的荒碛滩头，

萎弃一片雉鸡的翎羽。

太阳醒来了——

它双手支撑大地，昂然站起，

窥视一眼凝固的大海，

便拉长了我们的影子。

我们匆匆地策马前行，

迎着壮丽的一轮旭日，

哈，仿佛只需再走几步，

就要撞进它的怀里。

忽然，它好像暴怒起来，

一下子从马头前跳上我们的背脊，

接着便抛一把火给冰冷的荒滩，

然后又投出十万金矢……

于是，一片燥热的尘烟，

顿时便从戈壁上腾起，

干旱熏烤得人喘马嘶，

几小时我们便经历了四季。

从哪里飞来一片歌声，

雄浑得撼动戈壁——

我们的勘测队员正迎向前来，

在这里，我看见了人民意志的美丽！

我站在祖国地图前

纪宇

我有过梦幻：

成神，成仙，

生对千里眼，

站在一峰之顶，

看遍群山；

我曾经渴盼：

如鹰，如雁，

迎风把翅展，

从长江入海口，

飞向江源……

行万里路，

是我的心愿；

读万卷书，

学水滴石穿。

这不是梦幻：

此刻，

我站在祖国地图前，

万山耸立比高，

奔来眼底；

百川纵横归海，

入我心间。

看五颜六色，

都是形象语言：

金黄的是沙漠，

深褐的是高山，

碧蓝的是湖泊，

翠绿的是平原，

淡青的是沼泽，

浅灰的是海湾……

妈妈，我告诉你：

我长得这么健康，

眼如星亮，

眉似月弯，

身像松挺，

面若花绽，

是因为我有一个

九百六十万平方公里的

巨大的摇篮……

珠穆朗玛峰，

举手能摩天；

南沙诸海岛，

撒开珍珠串。

五岳竞雄奇，

江河扬征帆。

沿江而下，

看三峡之险；

登上泰山，

望日出壮观。

祖国呵，妈妈，

你的怀抱，

这么宽阔而温暖……

我站在祖国地图前，

像看着母亲的相片，

妈妈，你不老，

正当青春盛年。

我向妈妈问好，

妈妈含笑不言，

无声更胜有声，

我懂得妈妈的深情一片。

看哪里铁路未通？

问何处还是荒原？

沙漠在呼唤绿色，

河水正思念电站……

按照"四化"图样，

给妈妈做件衣衫！

我看着祖国地图，

我依偎在妈妈身前……

相信未来

食指

当蜘蛛网无情地查封了我的炉台
当灰烬的余烟叹息着贫困的悲哀
我依然固执地铺平失望的灰烬
用美丽的雪花写下：相信未来

当我的紫葡萄化为深秋的露水
当我的鲜花依偎在别人的情怀
我依然固执地用凝露的枯藤
在凄凉的大地上写下：相信未来

我要用手指那涌向天边的排浪
我要用手掌那托住太阳的大海
摇曳着曙光那温暖漂亮的笔杆
用孩子的笔体写下：相信未来

我之所以坚定地相信未来

是我相信未来人们的眼睛

她有拨开历史风尘的睫毛

她有看透岁月篇章的瞳孔

不管人们对于我们腐烂的皮肉

那些迷途的惆怅、失败的苦痛

是寄予感动的热泪、深切的同情

还是给以轻蔑的微笑、辛辣的嘲讽

我坚信人们对于我们的脊骨

那无数次的探索、迷途、失败和成功

一定会给予热情、客观、公正的评定

是的,我焦急地等待着他们的评定

朋友,坚定地相信未来吧

相信不屈不挠的努力

相信战胜死亡的年轻

相信未来,热爱生命

纪念碑

江河

我常常想

生活应该有一个支点

这支点

是一座纪念碑

天安门广场

在用混凝土筑成的坚固底座上

建筑起中华民族的尊严

纪念碑

历史博物馆和人民大会堂

像一台巨大的天平

一边

是历史，是昨天的教训

另一边

是今天，是魄力和未来

纪念碑默默地站在那里

像胜利者那样站着

像经历过许多次失败的英雄

在沉思

整个民族的骨骼是他的结构

人民巨大的牺牲给了他生命

他从东方古老的黑暗中醒来

把不能忘记的一切都刻在身上

从此

他的眼睛关注着世界和革命

他的名字叫人民

我想

我就是纪念碑

我的身体里垒满了石头

中华民族的历史有多么沉重

我就有多少重量

中华民族有多少伤口

我就流出过多少血液

我就站在

昔日皇宫的对面

那金子一样的文明

有我的智慧，我的劳动

我的被掠夺的珠宝

以及太阳升起的时候

琉璃瓦下紫色的影子

——我苦难中的梦境

在这里

我无数次地被出卖

我的头颅被砍去

身上还留着锁链的痕迹

我就这样地被埋葬

生命在死亡中成为东方的秘密

但是

罪恶终究会被清算

罪行终将会被公开

当死亡不可避免的时候

流出的血液也不会凝固

当祖国的土地上只有呻吟

真理的声音才更响亮

既然希望不会灭绝

既然太阳每天从东方升起

真理就把诅咒没有完成的

留给了枪

革命把用血浸透的旗帜

留给风，留给自由的空气

那么

斗争就是我的主题

我把我的诗和我的生命

献给了纪念碑

挑选吧，祖国

陈志铭

大学报考表摊在面前，

长江黄河涌上笔尖：

当"四人帮"把科技关进监牢，

给文化知识套上锁链，

多少年轻人求学的心啊，

冷却了，冷到了冰点！

是党使我们的心重新燃烧，

燃成一团金色的火焰！

大学报考表摊在面前，

长江黄河涌上笔尖：

毛主席早指明进军的路线，

《攻关》的号角震撼万里河山。

向现代化挺进的大军势不可当，

我们申请加入"尖刀连"！

挑选吧，亲爱的祖国，

把重担放到我们年轻的双肩！

大学报考表摊在面前，

长江黄河涌上笔尖：

升学不是我们唯一志愿，

我们理想是实现共产主义明天。

通往明天的道路如果需要铺垫，

当铺路石我们毫无怨言；

时代火车头如果需要热力，

我们也乐意化为乌煤一锹！

大学报考表摊在面前，

长江黄河涌上笔尖……

现代化和我们自己

——写给和我一样对"四化"无知的人们

张学梦

一

当然不能说

　　苦恼是欢乐的孪生兄弟。

可是，就在我们给现代化建设

　　剪彩的最欢乐的时刻，

苦恼也悄悄地占据了

　　我心房的一隅。

望着

　　我们宏伟的目标，

我突然感到

　　精神的苍白、

　　　　肺腑的空虚。

仿佛我是腰佩青铜剑的战士，

　　瞅着春笋似的导弹发呆；

仿佛我是刚刚脱掉尾巴的

　　森林古猿，

茫然无知地

　　翻看着"四化"的图集。

我苦恼

　　知识库房的贫困，

脑海里

　　那几毫升文化之水，

已经濡不湿龟裂斑斑的

　　干涸基底。

"什么是现代化？

你能为她干些什么？

你掌握着哪一种科学武器？……"

难道能这样的响亮回答——

　　"我无知。"

相信吧

　　这是一条生硬的淘汰法则，

相信吧

　　这是一条无情的进化规律：

跟上队伍的

一同前进，
掉队的
　　终被丢弃。
怎能设想
　　叫奔驰的时代列车
　　　　停下来，
再等你
　　半个世纪？！
问题是尖锐的，
　　谁也不能回避！
那么，思考这个问题吧，
　　现代化和我们自己。

二

党的十一届三中全会公报
　　响起新颖的汽笛，
她像历史唯物主义的新篇
　　豁然把握启迪：
过去的
　　已经刻写在
　　　　纪念碑上，

辩证法

很自然地

淘汰着过去。

向前看吧！

重要的永远是现实和未来，

任何东西都会陈旧的——

知识、经验、生命、荣誉……

为了获得永不衰竭的力量，

必须不断地把新的营养汲取。

我读着公报，

看见一扇布满铆钉的大门

吱呀呀打开，

灿然展现出

"四化"远景的壮丽；

看见公报上的铅字

突然向我飞来，

飞来一片陨石雨般的问题：

"你将怎样去实现新时期总任务？

你用什么去推动社会生产力？

思想的银燕有没有从额顶起飞？

臂上小生产的胎迹有没有擦去？

你能看懂四个现代化的蓝图吗？

哪些科学家头像是时代的标记？

你认识电子、核糖核酸和素数吗？

你掌握哪些先进的生产技艺？

你能飞越吗？

一秒钟几公里？

你懂得几种语言？

能驾驭哪些客观规律？

……

只有革命的热情？

只有发达的肱二头肌？

已经不够了！很不够了呀……"

是我，我知道！

请放心吧，我不畏惧

这些陌生的课题，

现代化建设需要的新知识，

我决心去获取！

为了不成为永久的傻瓜，

为了能担起历史责任，

我——

学习。

三

一间破旧简陋的小屋

　　冒着沥青的有毒烟气，

这里埋藏着

　　科学的双星——

居里夫人和居里。

他们在干些什么？

　　不知疲倦地搅拌着矿渣，

像一对

　　古罗马的奴隶。

你知道吗？

　　那把打开原子时代大门的钥匙

就是从那几十吨矿渣

　　和他们的心血中

　　　　提取。

怎能不赞美

　　那水晶一样透彻的心灵？

　　　　那创造性的艰苦劳动？

　　　　　　那锲而不舍的毅力？

同志，当你需要一个科学的灯塔、

　　当你需要榜样的时候，

我建议

　　向居里夫人

　　　　学习！

不学无术不过是清醒的白痴

　　炫耀愚昧粗野早该受到鄙夷，

浮到现代科学文化的水平线上来吧，

　　别像沙蚕似的匍匐海底。

祖国的四个现代化刚刚起步，

　　愿我们都能和她并驾齐驱。

人的现代化容易吗？

这可不能比作

　　换换帽子或衬衣，

哲学上

　　这是个痛苦的扬弃过程，

如同一只第四纪的猴子

　　艰难地攀缘着

　　　　一道道进化的阶梯。

但是，

　　和我一样吧，

满怀信心地跨上

　　新的征途，

不承认自己

是根朽木，

或是一只

　　不能摆脱介壳的牡蛎。

投入"四化"的熔炉

　　任其冶炼，

躺在铁砧上

　　接受锤击。

我们可以造就！

只要实践那句能动的格言：

学习、学习、再学习。

当然，不是唱一阵高调了事，

　　不是镀层金镍之类闪光的东西。

要像居里夫妇！像镭！

　　而不要还是——

　　　　精美包装过的——

　　　　　　垃圾！

四

也许，我说得

　　过分严重了，

你看，我们的日常生活

不是更加平和安谧？！

确实，这个转变

　　既不像一块大陆的沉没，

　　　　也不像一条山系的隆起。

但是，我却感触到

　　这场静悄悄的革命

　　　　是多么深刻、

　　　　　　严厉。

我知道，我还必须

　　用几箱子药皂

　　　　把装心思的地方

　　　　　　彻底洗一洗；

铲除阴暗处的苔藓

　　和洪泛过后

　　　　沉淀的污泥。

像消灭霍乱杆菌

　　和梅毒螺旋体那样，

消灭封建的、资产阶级的

　　低下心术，

用红色的三中全会公报

　　把全身的血液

　　　　重新过滤。

必须这样。

　　　站在同志们中间

　　　　　心灵不但充实活跃，

而且洋溢着

　　　共产主义道德的纯正气息。

我知道，私生活

　　　并不是个人的珊瑚礁。

像金属晶格似的

　　　　一幢幢宿舍大楼的

　　　　　　每个房间，

都上演着时代的戏剧。

家庭

　　　这个摆着双人床、

　　　　　小书架和碗橱的地方，

这里

　　　你作为丈夫妻子、

　　　　　父母和儿女，

不是中国式的山寨主，

　　　不是小恺撒、伊凡雷帝。

尽情地爱吧，

　　　像马克思燕妮那样

　　　　　真挚而热烈，

为什么不可以倾诉缠绵的心曲？

为什么不可以欣赏盛开的雏菊？

四个现代化

　　不要求我们变成

　　　　冰冷的"机器人"，

相反，

　　她将使我们的情感

　　　　更加丰富而细腻。

努力使自己现代化吧！

难道这不是一个

　　烧着了眉毛的问题？

在二〇〇〇年的门槛上

　　挂着这样一块木牌：

　　　　"愚昧无知的人勿进！"

是真的！是真的！

　　学习吧！！！

现代化的人们哪，

　　我赞美你。

探求

王辽生

亿万探求者不断求索，

于荆棘中把路开拓，

之所以手握刀剑，

只因为脚下坎坷。

刀剑煅于烈火，

热血腾若江河，

生命虽是珍贵的色彩，

为祖国涂抹何须斟酌。

二十二年前的"探求者"啊，

走着呢还是已经安卧？

只要船身是钢铁造成，

就不会朽，也不会中途停泊。

如果人人都无所探求，
真理何日捕获？
但愿为探求而受难的人，
宽慰于演完最后一幕。

多少才华熄灭了光柱，
多少星辰不再闪烁；
历史最怕回头去看，
一看更教人惊心动魄！

但是请相信，请相信吧。
有爱情就不会沦落，
活着为祖国探路求春，
死了为祖国填沟补壑。

一旦阳光从高天洒泻，
该复活的就全都复活；
顽固不化的探求者啊，
生死跳一个爱的脉搏。

须发不经流年磨，
确乎白了许多；

心没有白，血没有白，
且捧给四化的滚滚雄波！

做推波助澜的风，
做风水迸溅的泡沫，
或者化青春为一片硬土，
铺河床供激涛涌过。

啊，一如这波涛不可抗拒，
探求的权利不可剥夺；
让我们高举探求的刀剑，
教全球惊看中国！

祖国啊，我亲爱的祖国

舒婷

我是你河边上破旧的老水车，

数百年来纺着疲惫的歌；

我是你额上熏黑的矿灯，

照你在历史的隧洞里蜗行摸索；

我是干瘪的稻穗；是失修的路基；

是淤滩上的驳船，

把纤绳深深

勒进你的肩膊，

——祖国啊！

我是贫困，

我是悲哀。

我是你祖祖辈辈

痛苦的希望啊，

是"飞天"袖间

千百年来未落到地面的花朵，

——祖国啊！

我是你簇新的理想，

刚从神话的蛛网里挣脱；

我是你雪被下古莲的胚芽；

我是你挂着眼泪的笑窝；

我是新刷出的雪白的起跑线；

是绯红的黎明

正在喷薄

——祖国啊！

我是你十亿分之一，

是你九百六十万平方的总和；

你以伤痕累累的乳房

喂养了

迷惘的我，深思的我，沸腾的我；

那就从我的血肉之躯上

去取得

你的富饶、你的荣光、你的自由；

——祖国啊，

我亲爱的祖国！

祖国啊，我要燃烧

叶文福

当我还是一株青松的幼苗，
大地就赋予我高尚的情操！
我立志做栋梁，献身于人类，
一枝一叶，全不畏雪剑冰刀！

不幸，我是植根在深深的峡谷，
长啊，长啊，却怎么也高不过峰头的小草。
我拼命吸吮母亲干瘪的乳房，
一心要把理想举上万重碧霄！

我实在太不自量了：幼稚！可笑！
蒙昧使我看不见自己卑贱的细胞。
于是我受到了应有的惩罚，
迎面扑来旷世的风暴！

啊，天翻地覆……

啊，山呼海啸……

伟大的造山运动，把我埋进深深的地层，

我死了，那时我正青春年少。

我死了，年轻的躯干在地底痉挛，

我死了！不死的精灵却还在拼搏呼号：

"我要出去！我要出去！我要出去啊——

我的理想不是蹲这黑的囚牢！"

漫长的岁月，我吞忍了多少难忍的煎熬，

但理想之光，依然在心中灼灼闪耀。

我变成了一块煤，还在舍命呐喊：

"祖国啊，祖国啊，我要燃烧！"

地壳是多么的厚啊，希望是何等的缥缈，

我渴望！渴望面前有一千条向阳坑道！

我要出去，投身于熔炉，化作熊熊烈火：

"祖国啊，祖国啊，我要燃烧！"

边界望乡

洛夫

说着说着

我们就到了落马洲

雾正升起，我们在茫然中勒马四顾

手掌开始生汗

望远镜中扩大数十倍的乡愁

乱如风中的散发

当距离调整到令人心跳的程度

一座远山迎面飞来

把我撞成了

严重的内伤

病了病了

病得像山坡上那丛凋残的杜鹃

只剩下唯一的一朵

蹲在那块"禁止越界"的告示牌后面

咯血。而这时

一只白鹭从水田中惊起

飞越深圳

又猛然折了回来

而这时，鹧鸪以火发音

那冒烟的啼声

一句句

穿透异地三月的春寒

我被烧得双目尽赤，血脉偾张

你却竖起外衣的领子，回头问我

冷，还是

不冷？

惊蛰之后是春分

清明时节该不远了

我居然也听懂了广东的乡音

当雨水把莽莽大地

译成青色的语言

喏！你说，福田村再过去就是水围

故国的泥土，伸手可及

但我抓回来的仍是一掌冷雾

第五十七个黎明

赵恺

一位母亲加上一辆婴儿车，

组成一个前进的家庭。

前进在汽车的河流，

前进在高楼的森林，

前进在第五十六天产假之后的

第五十七个黎明。

五十七，

一个平凡的两位数字，

难道能计算出什么色彩和感情？

对医生，它可能是第五十七次手术，

对作家，它可能是第五十七部作品；

可能是第五十七块金牌，

可能是第五十七件发明。

可是，对于我们的诗歌，

它却是一片带泪的离情：

一位海员度完全年的假期，

第五十七天，

在风雪中启碇。

留下了什么呢？

给纺织女工留下一辆婴儿车和一车希望，

给孩子留下一个沉甸甸的姓名。

给北京留下的是对生活的思索，

年轻的母亲思索着向自己的工厂默默前行：

"锚锚"，多么独特的命名，

连孩子都带着海的音韵。

你把铁锚留在我身边，

可怎么停靠那艘国际远洋货轮？

难道船舶，

也是你永不停泊的爱情？

但愿爱情能把世界缩小，

缩小到就像眼前的情景：

走进建外大街，

穿过使馆群。

身边就是朝鲜，接着又是日本，

再往前：智利、巴西、阿根廷……

但愿一条街就是一个世界，

但愿国际海员天天回家探亲，

但愿所有的婴儿车都拆掉车轮，

纵使再装上，

也只是为了在花丛草地间穿行。

可是，生活总是这样：

少了点温馨，

多了点严峻。

许多温暖的家庭计划，

竟然得在风雪大道上制订：

别忘了路过东单副食商店，

买上三棵白菜、两瓶炼乳、一袋味精。

别忘了中午三十分钟吃饭，

得挤出十分跑趟邮电亭：

下个季度的《英语学习》，

还得趁早续订。

别忘了我们海员的叮咛：

物质使人温饱，

精神使人坚定……

这就是北京的女工：

在前进中盘算，

盘算着如何前进。

劳累吗？劳累；

艰辛吗？艰辛。

温饱而又艰辛，

劳累而又坚定：

这就是今日世界上，

一个中国工人的家庭。

不是吗？放下婴儿车，

就要推起纱锭。

一天三十里路程，

一年，就是一次环球旅行。

环球旅行，

但不是那么闪烁动听。

不是喷气客机，

不是卧铺水汀。

它是一次只要你目睹三分钟，

就会牢记一辈子的悲壮进军：

一双女工的脚板，

一车沉重的纱锭，

还得加上一册《英语学习》、

三棵白菜、两瓶炼乳、一袋味精。

青春在尘絮中跋涉，

信念在噪音中前行。

漫长的人生旅途上，

只有五十六天，

是属于女工的

一次庄严而痛苦的安宁。

今天，又来了：

从一张产床上走来两个生命。

茫茫风雪，

把母亲变成了雪人，

把婴儿车变成了雪岭。

一个思索的雪人，

一座安睡的雪岭。

雪人推着雪岭，

在暴风雪中奋力前行。

路口。路口。路口。

绿灯。绿灯。绿灯。

绿色本身就是生命，

生命和生命遥相呼应。

母亲穿过天安门广场，

长安街停下一条轿车的长龙：

一边是"红旗"、"上海"、"大桥"、"北京"，

一边是"丰田"、"福特"、"奔驰"、"三菱"……

在一支国际规模的"仪仗队"前，

我们的婴儿车庄严行进。

轮声辚辚，

威震天庭。

历史博物馆肃立致敬，

英雄纪念碑肃立致敬，

人民大会堂肃立致敬：

旋转的婴儿车轮，

就是中华民族的魂灵！

理想

流沙河

理想是石，敲出星星之火；
理想是火，点燃熄灭的灯；
理想是灯，照亮夜行的路；
理想是路，引你走到黎明。

饥寒的年代里，理想是温饱；
温饱的年代里，理想是文明。
离乱的年代里，理想是安定；
安定的年代里，理想是繁荣。

理想如珍珠，一颗缀连着一颗，
贯古今，串未来，莹莹光无尽。
美丽的珍珠链，历史的脊梁骨，
古照今，今照来，先辈照子孙。

理想是罗盘，给船舶导引方向；

理想是船舶，载着你出海远行。

但理想有时候又是海天相吻的弧线，

可望不可即，折磨着你那进取的心。

理想使你微笑地观察着生活；

理想使你倔强地反抗着命运。

理想使你忘记鬓发早白；

理想使你头白仍然天真。

理想是闹钟，敲碎你的黄金梦；

理想是肥皂，洗濯你的自私心。

理想既是一种获得，

理想又是一种牺牲。

理想如果给你带来荣誉，

那只不过是它的副产品，

而更多的是带来被误解的寂寥，

寂寥里的欢笑，欢笑里的酸辛。

理想使忠厚者常遭不幸；

理想使不幸者绝处逢生。

平凡的人因有理想而伟大；

有理想者就是一个"大写的人"。

世界上总有人抛弃了理想，

理想却从来不抛弃任何人。

给罪人新生，理想是还魂的仙草；

唤浪子回头，理想是慈爱的母亲。

理想被玷污了，不必怨恨，

那是妖魔在考验你的坚贞；

理想被扒窃了，不必哭泣，

快去找回来，以后要当心！

英雄失去理想，蜕作庸人，

可厌地夸耀着当年的功勋；

庸人失去理想，碌碌终生，

可笑地诅咒着眼前的环境。

理想开花，桃李要结甜果，

理想抽芽，榆杨会有浓荫。

请乘理想之马，挥鞭从此起程，

路上春色正好，天上太阳正晴！

划呀，划呀，父亲们！

——献给新时期的船夫

昌耀

自从听懂波涛的律动以来，

我们的触角，就是如此确凿地

感受着大海的挑逗：

——划呀，划呀，父亲们！

我们发祥于大海。

我们的胚胎史，

也只是我们的胚胎史——

展示了从鱼虫到真人的演化序列。

脱尽了鳍翅。

可是，我们仍在韧性地划呀。

可是，我们仍在拼力地划呀。

我们是一群男子。是一群女子。

是为一群女子依恋的

一群男子。

我们摇起槟橹，就这么划，就这么划。

在天幕的金色的晨昏，

众多仰合的背影

有庆功宴上骄军的醉态。

我们不至于酩酊。

最动情的呐喊

莫不是

我们沿着椭圆的海平面

一声向前冲刺的

嗥叫？

我们都是哭着降临到这个多彩的寰宇。

后天的笑，才是一瞥投报给母亲的慰安。

——我们是哭着笑着

从大海划向内河，划向洲陆……

从洲陆划向大海，划向穹隆……

拜谒了长城的雉堞。

见识了泉州湾里沉溺的十二桅古帆船。

狎弄过春秋末代的编钟。

我们将钦定的史册连根儿翻个。

从所有的器物我听见逝去的流水。

我听见流水之上抗逆的脚步。

——划呀，父亲们，划呀！

还来得及赶路。

太阳还不见老，正当中年。

我们会有自己的里程碑。

我们应有自己的里程碑。

可那漩涡，

那狰狞的弧圈，

向来不放松对我们的跟踪，

只轻轻一扫

就永远地卷去了我们的父兄，

把幸存者的脊椎

扭曲。

大海，我应诅咒你的暴虐。

但去掉了暴虐的大海不是

大海。失去了大海的船夫

也不是

船夫。

于是，我们仍然开心地点燃篝火。

我们依然要怀着情欲剪裁婴儿衣。

我们昂奋地划呀……哈哈……划呀

……哈哈……划呀……

是从冰川期划过了洪水期。

是从赤道风划过了火山灰。

划过了泥石流。划过了

原始公社的残骸，和

生物遗体的沉积层……

我们原是从荒蛮的纪元划来。

我们造就了一个大禹，

他已是水边的神。

而那个烈女

变作了填海的精卫鸟。

预言家已经不少。

总会有橄榄枝的土地。

总会冲出必然的王国。

但我们生命的个体都尚是阳寿短促，

难得两次见到哈雷彗星。

当又一个旷古后的未来

我们不再认识自己变形了的子孙。

可是，我们仍在韧性地划呀。

可是，我们仍在拼力地划呀。

在这日趋缩小的星球，

不会有另一条坦途。

不会有另一种选择。

除了五条巨大的舳舻，

我只看见渴求那一海岸的船夫。

只有啼呼海岸的呐喊

沿着椭圆的海平面

组合成一支

不懈的

嗥叫。

大海，你决不会感动。

而我们的桨叶也决不会喑哑。

我们的婆母还是要腌制过冬的咸菜。

我们的姑娘还是要烫一个流行的发式。

我们的胎儿还是要从血光里

临盆。

……今夕何夕？

会有那么多临盆的孩子？

我最不忍闻孩子的啼哭了。

但我们的桨叶绝对地忠实。

就这么划着。就这么划着。

就这么回答着大海的挑逗：

——划呀，父亲们！

父亲们！

父亲们！

我们不至于酩酊。

我们负荷着孩子的哭声赶路。

在大海的尽头

会有我们的

笑。

我追随在祖国之后

梁南

我的足音，是我和道路终生不渝的契约，

是我亲吻大地得到的响应。

我渴求污垢不要沾染母亲的花裙，

难道是我过分？不！是人子爱她之深。

我愿做她驱使的舟楫和箭，水火相随；

我愿如驼队，昂首固执地穿越戈壁，

背负她沉重的美好，以罗盘做我的心。

渴望她优美的形象映红世界民族之林，

我探索风向标的误差，知足者的衰微；

探索人们对真理的怀念，对美学的虔诚；

思忖粉饰的反作用，偶像的破坏性能；

考核安乐椅的磨损力，先民们的艰辛；

查证狂欢时的失误，严谨时的繁盛；

研究实事求是的哲学，刚直不阿的本分……

我探索，拥抱阳光，栉风沐雨，

曾鲁莽，造次，也曾执着，认真；

时而在严肃中思考，时而在意料外欢欣；

我以惭愧去接受不幸，我走向沼泽，

深入茫无涯际的古林，蚊蚋如雾的处女地；

历经了种种炼火，我仍是母亲衣领上一根纬线，

时刻闻着她芬芳的呼吸。

我是滚滚波涛中微不足道的一滴水，

我是银河系中最渺小的一颗星，

我是横越荒寒的天鹅翅上的一片毛羽，

我是组成驼铃曲中的短促一声……

昨天已经死去，明天即将诞生，

探索的岂止是我，是一支欢快的队伍，

一个自强的民族，我是走在最后一人。

我不属于我，我属于历史，属于明天，

属于祖国——花冠的头顶，风的脚步，太阳的心。

从黎明玫瑰色的云朵穿过，向远方，

如风吹，如泉流，如金鼓，如急钲，

一声呼，一声唤，一声笑，一声吟，

款款叩击着出生我的广袤大地，
这行进之音，恳切而深深，
像探索一样无尽……紧紧把祖国追随。

蓝水兵

李钢

蓝水兵

你的嗓音纯得发蓝，你的呐喊

带有好多小锯齿

你要把什么锯下来带走

你深深地呼吸

吸进那么多透明的空气

莫非要去冲淡蓝蓝的咸咸的海风

蓝水兵

从海滩上跃起身来

随便撕一张日历揣在裤兜里

举起太平斧砍断你的目光

你漂到海蓝和天蓝中去

挥动你的双鳍鼓一排巨浪

把岸推向远处去

蓝水兵

你这两栖的蓝水兵

蓝水兵

畅泳在你的蓝军服里

隐身在海面的蓝雾里

南海用粤语为你浅浅地唱着

羊城在远方咩咩地叫着

海啸的呼哨挺粗犷

太阳那家伙的毛胡子怪刺痒

在一派浩浩荡荡的蓝色中

反正你蓝得很独特

蓝水兵

你是蓝鲸

春季过了你就下潜

一直下潜到贝壳中去

谛听海的心音

伸出潜望镜来瞭望整个夏天

你可以仰游，可以侧泳

可以轻盈地鱼跃过任何海区

如果你高兴

你尽可以展翅飞去

去银河系对你来说
是再容易不过的事了
那场壮观的流星雨
究竟算第一次空战还是海战
反正你打得够潇洒的
当天上和海上的潮声平息
当月光流泻如月光曲
你便在月光中睡成一座月光岛

早晨你醒来
在那棵扶桑树上解开你的缆绳
总会将一只金鸟儿惊起
它扑棱棱地扇下几根羽毛
响叮叮落在你的甲板上
世界顿时一片灿烂
在这令人眼花缭乱的光芒中
天开始一个劲地高
海开始一个劲地阔
蓝水兵
你便开始一个劲地蓝

热爱生命

汪国真

我不去想是否能够成功

既然选择了远方

便只顾风雨兼程

我不去想能否赢得爱情

既然钟情于玫瑰

就勇敢地吐露真诚

我不去想身后会不会袭来寒风冷雨

既然目标是地平线

留给世界的只能是背影

我不去想未来是平坦还是泥泞

只要热爱生命

一切，都在意料之中

麦地
——致乡土中国
骆一禾

我们来到这座雪后的村庄

麦子抽穗的村庄

冰冻的雪水滤下小麦一样的身子

在拂晓里　她说

不久，我还真是一个农民的女儿呢

那些麦穗的好日子

这时候正轻轻地碰撞我们

麦地有神，麦地有神

就像我们盛开花朵

麦地在山丘下一望无际

我们在山丘上穿起裸麦的衣裳

迎着地球走下斜坡

我们如此贴近麦地

那一天蛇在天堂里颤抖
在震怒中冰凉无言　享有智谋
是麦地让泪水汇入泥土
尝到生活的滋味

大海边人民的衣服
也是风吹天堂的
麦地的衣服
麦地的滚动
是我们相识的波动
怀孕的颤抖
也就是火苗穿过麦地的颤抖

中国高第街

洪三泰

宋朝在羊城挂牌——高第街

一幅活鲜鲜的《清明上河图》

铜钱串起锈蚀的历史

元明清在高声叫卖

却积压了一叠叠祖传秘方

风雨之夜总是早早地紧关店门

拂晓，大官从这里走马上任

午后，又听见将军在小巷诞生的哭声

高第街哺育的人才海外扬名

鲁迅和许广平在许家观"七夕"供物

木屐声里，夕阳之下

他发现装饰中国历史的

竟是一根自捻的红头绳

从东到西一里，一里小街
一千年也走不到尽头
怎能走出街口走出娇嫩的珠江呵
我善良的智慧的华夏子孙

马克思幽默地点破
广州自给自足的秘密
自制的土头巾
长久地裹着自己的眼睛
整个中国缩在高第街头
惊疑地聆听海外潮响
却听见重炮在轰击大门
高第街在做遨游天际的惊梦

当中国的太阳猛然爆炸
当南方在金色的放射中洞开
当阳光的碎片铺满街巷
高第街便开始诠释中国
以它敞开的十四条横巷之门

世界商品经济的风云

触动中国这条最敏感的神经

它蜕变成一条彩色巨龙

历史悠然地徜徉街头

试穿着牛仔裤和蝙蝠衫

笑谈一千年天地嬗变

一千年起死回生

它默念在世界竖起的一则广告

——中国高第街与现代文明

中国的风筝

绿原

从蚂蚁的地平线飞起

从花蝴蝶的菜园飞起

从麻雀的胡同飞起

从雨燕的田野飞起

从长翅膀的奔马扬起一蓬火光的草原飞起

带着幼儿园拍手的欢呼飞起

带着小学校升旗的歌曲飞起

带着提菜篮子的主妇的微笑飞起

带着想当发明家的残疾少年的誓愿飞起

带着一亿辆自行车逆风骑行的加速度飞起

飞过了戴着绿色冠冕的乔木群

飞过了传递最新信息的高压线

飞过了刚住进人去的第二十层高楼

飞过了几乎污染了云彩的煤烟

飞过了十次起飞有九次飞不起来的梦魇

望得见长城像一道堤埂

望得见黄河像一条蚯蚓

望得见阡陌纵横像一块棋盘

望得见田亩里麦垛像一枚枚小兵

望得见仰天望我的儿童们的亮眼像星星

说不定被一阵劲风刮到北海去

说不定被一行鸿雁邀到南洋去

说不定被一架喷气式引到外国港口去

说不定被一只飞碟拐到黑洞里去

说不定被一次迷惘送到想去又不敢去的地方去

飞吧飞吧更高一些飞吧任凭

万有引力从四面八方拉来扯去

只因有一根看不见也剪不断的脐带

把你和母体大地紧紧相连才使你像

一块神秘的锦绣永远嵌在儿时的天幕

川藏线

其然

（一）

据说，每一公里

都有一块倒下的巨石

这条路，就是

这些灵魂铺成的地基

没有硝烟，却是战场

没有战事，依然会有热血

绵绵几千公里的韵律

每一粒音节

都燃烧着万丈豪情

从美式卡车，老解放到新东风

画着圆的风

总是义无反顾地一路前行

我喜欢坐在黄昏里，读

战友用青春写成的长诗

（二）

巍巍的雪山，青青的草甸

高原的海子，站满了索马花

年轻的牦牛，唱着清澈情歌

蜿蜒的长路

在歌喉里快乐的延伸

六十多年的岁月，青春

总朝着一个方向生长

从一个兵站

抵达另一个兵站

（三）

移动的羊群

是一种云彩，在高原

用柔软的经幡

为这首壮观的长诗润色

三千里画布，经卷

翻拣出古铜的旗帜

翻动时光不断拓开的视野

（四）

土黄色的路基

在冰雪中，不觉地湿润成橄榄绿

落日照看的高原

有着同公路相近的颜色

一笔属于人类的勾勒

在群峰中艰涩前进

（五）

辽阔的时空，梦濡湿的翅膀

以四季不变的承诺

穿行于峡谷与高地

（六）

风，挽着八月的格桑花

在曾经无人的禁区上

为车轮的旋转

舞动鲜艳的锅庄

这跌宕的诗行

是战马的嘶鸣

声音，行走

在世界的屋脊

塌方、激流、缺氧

云霞、雪山、鲜花

以简单的词汇，曾经

包裹着死亡的诱惑和邀请

每一步，高过鸟儿翅膀的

歌声，总是把最后一朵白云

缩放成一把细小的星星

我站在川西高原的腹地

用群峰的名义

回望，不断走旧了

而又不断刷新的汗水

弯曲的山路

站起来是碑，躺下去是路

山涧的岩石

早已不再冷峻，激流

也不再汹涌

虔诚的身影，总是用虔诚

不断匍匐和丈量日月的轮转

365 乘以 60 的抚慰与呼吸

证明

我们应该就是通向喜马拉雅的

最高海拔

（七）

时间在旋转，如一枚枚

低回而又温暖的音符

在蜿蜒的琴弦上

抒情，颤动，放歌

如果，有一天川藏线问起

那些变矮的路碑，问起

路基下支撑的基石，问起

发黄的故事和荒草

甚至问天，问何以为路

过路的山风

或许能给出最满意的回答

三千里的经文，是用生命

缠裹着时间，在巍峨的云际间

永久地回旋，而长长川藏线

则是，进献给喜马拉雅的哈达

在山梁上

被风舞动，蜿蜒飘飞

最后一分钟

李小雨

午夜。香港，

让我拉住你的手，

倾听最后一分钟的风雨归程。

听你越走越近的脚步，

听所有中国人的心跳和叩问。

最后一分钟，

是旗帜的形状，

是天地间缓缓上升的红色，

是旗杆——挺直的中国人的脊梁，

是展开的，香港的天地和天空，

是万众欢腾中刹那的寂静，

是寂静中谁的微微颤抖的嘴唇，

是谁在泪水中一遍又一遍

轻轻呼喊着那个名字：

香港，香港，我们的心！

我看见，
虎门上空的最后一缕硝烟
在百年后的最后一分钟
终于散尽；
被撕碎的历史教科书
第 1997 页上，
那深入骨髓的伤痕，
已将血和刀光
铸进我们的灵魂。
当一纸发黄的旧条约悄然落地，
烟尘中浮现出来的
长城的脸上，黄皮肤的脸上，
是什么在缓缓地流淌——
百年的痛苦和欢乐，
都穿过这一滴泪珠，
使大海沸腾！

此刻，
是午夜，又是清晨，
所有的眼睛都是崭新的日出，

所有的礼炮都是世纪的钟声。

香港，让我紧紧拉住你的手吧

倾听最后一分钟的风雨归程，

然后去奔跑，去拥抱，

去迎接那新鲜的

含露的、芳香的

扎根在深深大地上的

第一朵紫荆……

美丽的白莲

晏明

永远的呼唤。

四百年的呼唤。

四百年的期盼，

四百年沉重的眷恋。

四百年离散的澳门，

度过四百年痛苦思念。

一朵美丽的白莲飘来，

笑着，笑着，飘来。

碧蓝蓝的海水，

碧蓝蓝的天。

澳门，一片碧蓝。

祖国，一片碧蓝。

喜悦的泪水淌满腮，

迎来串串白莲盛开。

四百年的苦苦思念，

霎时化为彩霞璀璨。

四百年，四百年，

绽开最美的欢笑，

最美的欢笑

是归来的白莲……

台湾，归来啊

周波

五彩缤纷的焰火，

震人心弦的礼炮，

高亢激越的乐曲，

幸福美好的欢笑——

可此刻我的情思，

正随着南去的浮云，

飘向那两千三百万骨肉同胞。

啊！台湾——

祖国的儿子，

你何时回到母亲的怀抱！

长安街上，

天安门前，

正等待着你归来报到。

奔腾的台湾海峡呵，

掀起汹涌的波涛，

波涛呵，

热情地拥抱台湾宝岛。

我站在那波峰浪尖，

向你呵——台湾姐妹，

亲切把手招。

多少望乡的老人仰天回首，

多少分离的骨肉把亲人寻找；

哼一曲家乡的《杨柳青》哟，

思念的泪水沸腾燃烧——

富饶的台湾呵，美丽的海岛，

炎黄子孙怎能忍受分割的煎熬。

时代潮流势不可挡滚滚向前，

统一祖国的大业谁也不能阻挠。

十四亿人民发出钢铁的誓言，

两千三百万同胞日夜在盼望祈祷，

金门、马祖洒满思乡的泪水，

咆哮的海峡卷起回归的浪潮——

愿民族的大义捐弃藩篱和前嫌，

愿烽火台鸣响欢庆的礼炮，

愿飘离的彩云融进故乡的明月，

愿神州盼望的一天早日来到——

日月潭换上新颜，

阿里山脱去愁帽，

台北、高雄齐声呼喊：

"祖国呵——母亲，我回来了！"

那时呵，

海峡两岸高举鲜花放声歌唱，

歌声冲破了万里海涛。

手携着手我们来到中南海，

金水桥头合影一张团圆照。

啊！台湾——

祖国的儿子，

祖国的宝岛，

过来吧，

让母亲亲吻，

让母亲拥抱，

你看那青松翠柏之中，

英烈们正露出欣慰的微笑。

节日的夜晚呵，

怎能叫我不欢笑，

欢笑的声中呵，

又怎能叫我忘记了，

掀开窗帘展开遐想的翅膀，

心潮拍打着汹涌的海涛。

台湾，归来啊，

归来啊，台湾——

呼啸的海浪放开嗓音大声宣告：

中华民族统一自己神圣的领土，

这一天定将来到！

西部高原

章德益

大地雄浑的内在力量

创造出威猛暴烈的大高原

以岩石席卷起山的长阵

冲刺起五千米海拔之上

冷却成岩石的黑火焰，崖壁的黑风暴

叱咤着雷与雷的厮拼，云与云的撞击

仰冲起一块不羁的大陆

呼啸进晕眩的苍穹

总觉得这不是岩石的群体

　　山的家族

而是赤裸裸的大地的精神

多少年血火的酝酿，匍匐的反思

自一块大陆最痛楚的动荡里

暴立起不屈的英魂

以高原为背景便凸显出悍烈的人生
拓边者的血性，戍边者的胆魄
西行探险者大胆无畏的梦魂
遥远的诱惑是梦的诱惑
男儿之血砰然叩击未知之门
借万山之势混凝成生者与死者的形态
渐渐隆升成一块大陆高峻的象征

山的暴立，峰的突进
崛起着一块大陆对空间的出征
自错综的断裂中，自痛苦的追求中
徐徐流出了情感，流出了思想
发源了我们大地全部的江河
蜿蜒成一部艰难的生存史
横贯着我们民族曲折的历程

我的歌献给辉煌的七月

陈所臣

七月　阳光和雨水充沛的季节

大海和高山心潮澎湃

笑容和鲜花同时盛开

写满理想和信念的旗帜

铺展开来　展示它无与伦比的

　　青春光彩

我们看见日出

也看见以江河奔腾的气概

走进纪念碑的无数英雄

血与火的奠基成为永恒的景仰与怀念

七月的歌　更加嘹亮　响彻云霄

——起来　不愿做奴隶的人们

我们唱起春天的故事

继往开来　走进那新时代

我们自豪　为了诞生在七月里的一切

我们荣耀　为了我们的祖国和人民

我们有理由相信　我们开创于七月的伟大事业

相信它光辉与成功的必然

我们有理由相信　我们那些

举着沉重的誓言诞生在七月的人们

相信他们无可更改的无私和坚定

但是　我们同样有理由鄙视和拒绝

那些躲在阴暗角落和乔装打扮精心包装

然后冠冕堂皇　大摇大摆的腐败

　　罪恶和肮脏

七月的神圣不可亵渎

七月的光荣不容玷污

七月的信念不能动摇

七月健康的肌体　不容许任何

蛀虫和病毒的危害与侵蚀

七月的歌　只能是澎湃的大潮

　　催人的战鼓　奋进的脚步

七月是我们的信心

七月是我们的责任

七月给了我们无限广阔的视野

我们敞开胸怀　接收八面来风

我们青春的血脉　永远阳光流动

我的歌献给辉煌的七月

献给同样诞生在七月里的我们

　　一代又一代优秀的共产党人

我的祖国，我的母亲河！

张锲

一

啊，年轻的朋友，请你告诉我，

什么才是你心中的祖国？

是高山，是大海，是长江，是黄河？

是郁郁葱葱的森林，是浩瀚无垠的沙漠？

是长空的鸽哨，是村庄的炊烟？

是端午的龙舟，是中秋的篝火？

是情人在木栅栏后的热烈拥吻，

是孩子在摇篮边咿咿呀呀的儿歌？

是母亲在平底锅上烙出的煎饼，

是父亲在远行前的殷殷叮嘱？

祖国是什么？请你告诉我。

是孔子、老子、庄子的思考，

是屈原、李白、杜甫的求索？

是米芾、郑板桥、齐白石的书画，

是历代先贤辛勤劳作的硕果？

是一次次电闪雷鸣、前赴后继的抗争，

是一回回生生死死、血染黄沙的拼搏？

祖国，是一篇写不尽的美文，

一首唱不完的恋歌，

是这一切的一切汇合的总和！

世界上有许多美好的地方，

到处有清风明月，日出日落。

但是，那里有长江、有长城吗？

有黄山、有黄河吗？

有我母亲生育我时的衣胞吗？

有我父辈长途跋涉的足迹吗？

有我早就习惯的多彩多姿的民风民俗吗？

有让我荡气回肠的乡音黄梅戏吗？

没有。没有。全都没有。

那么，祖国就是一方不可替代的热土，

在我的梦魂里缭绕，在我的肺腑中燃烧！

我从上个世纪艰难地走来，

从青春年少，到华发萧萧。

如今，我的额前已刻上一道道皱纹，

依稀间，金色的团徽还在我的胸前闪烁。

你和我，都在祖国母亲的拉扯下长大，

在秋霜、冬雪、夏雨、春风中一步步走向生活。

只是我比你们痴长了几岁，

也比你们多经受几分苦痛，几分煎熬。

数不清我曾经多少次伤心地哭泣，

为家乡父老，为我多灾多难的祖国！

二

啊，我的母亲，我的祖国！

请允许我向你敞开心中的困惑。

岁月如流，该过去的都已经过去。

那历史长河的层层波浪，

那前进路上的重重坎坷。

转瞬间，新旧世纪已经静悄悄地更替，

春风浩荡，春花烂漫，绿树婆娑……

谁说你步履蹒跚，日渐衰老？

听，我们的母亲向地球大声宣告：

中华民族已经从沉睡中醒来，

千军万马正在奔向小康的道路上迅跑！

啊，中国不老！岁月不老！江山不老！

年轻的朋友，请接受我真诚的祝贺：

祝贺你，生长在这覆地翻天的伟大世纪，

祝贺你，眼随祖国母亲披荆斩棘，奋勇开拓。

此刻，我的窗外正飘着纷纷扬扬的雪花，

城市乡村全变成一派混沌，银装素裹。

透过这无边无际的皑皑白雪，

我仿佛看到土地在蠕动，山岳在伸腰，

我仿佛听到江河在叹息，湖海在呼叫

莽莽苍苍的荒原在哭诉干旱的焦渴……

啊，我的祖国，我的母亲！

我是你的一滴血，一个细胞。

你的冷暖，时刻悬挂在我们的心间；

你的安康，永远牵动着我们的魂魄。

你的每寸肌肤，都不容污损，

要像天上的云霞一样美丽姣好。

是时候了，到时候了，母亲！

该让你多一些欣慰，少一些烦恼。

神圣的使命，落到我们的肩上，

医治母亲的创伤，重整祖国的山河！

啊，我的祖国，我的母亲河！

我是个喝淮河水长大的孩子，

从小爱看河上的白帆，把鱼虾捕捉。

我也曾漫步在长江、珠江、松花江之畔，

听纤夫的号子和远处悠扬的渔歌；

黄河的涛声连同大运河边的稻香、花香，

时常在梦中与我做伴，和我共度良宵。

我知道，河流是祖国母亲的母亲，

有水的地方，就有生命，就有爱情，就有歌声，

就有繁茂的树木，就有鲜艳的花朵……

三

淮河啊，我故乡的河，心中的河！

孕育了我的青春、我的憧憬的河！

在当年治淮的大军中，有过我年轻的身影，

多少人为你洒下过汗水，付出过辛劳！

在滔滔淮水面前，我立过誓言：

要做大禹的后裔，把千里淮河修好。

那时的伙伴多已经风流云散，

豪情壮志，却未敢忘却，未敢消磨。

河边的树叶绿了又黄，黄了又绿，

淮河啊，你还像一匹烈马汪洋恣肆，难以捉摸。

啊，淮河！任星移斗转，任岁月蹉跎，

无论我去到哪里，在海角天涯，在天涯海角，

我的心始终想着你呀，淮河！

我为你中宵起坐，为你泪雨滂沱，

为你祝愿，为你吁请，为你祈祷！

我吁请，为淮河边上的乡亲解除污染的侵扰；

我祈祷，你年年风调雨顺，不再作浪兴波；

我祝愿，还你一个干净洁白的躯体；

祝愿你，有自由的呼吸，有通畅的航道；

祝愿你，有鲜活的鱼虾，有低飞的水鸟，

有青山两岸，有一河清澈的碧波……

我们只有一个地球，只有一个中国！

母亲，我爱你每条小溪、每道江河、每个湖泊；

我爱你每座城市、每个村庄、每块田野；

我爱你每滴泉水、每根雨丝、每株小草。

我爱长江的辽阔江天，爱它的万顷烟波；

我爱黄河的九曲连环，爱它那英雄的性格；

我爱珠江的温柔旖旎，爱南方水乡的肥沃；

我爱澜沧江的激流奔泻，爱它那雄健的体魄。

祖国的一切我都爱，

因为它们都属于一个母亲。

都来自同一个源头、同一条河！

啊，我的祖国，我的母亲河！

你们是那样紧密相连，谁也不能分割。

我们说祖国说河流就是说你呀，母亲！

我们说河流说母亲也是说你啊，祖国！

黄河和长江像两条巨龙从远古奔涌而来，

呼啸着，汹涌着，澎湃着，聚拢着，

把祖国大地织成一个江河湖泊的网络。

母亲河，你哺养了我们的祖先，我们的土地，

哺养了我们的历史，我们的文化，

哺养了多少风流才俊，多少世代楷模！

四

啊，我的长江，我的黄河！

我的中国，我们中华民族的母亲河！

你用甘甜的乳汁，把我们一口口喂养，

面对你的今天，我们怎能不心生愧怍？！

你的一次次洪峰，都从我的心上流过；

你的一声声怒吼，都曾使我们魂动神摇；

你的水上漂木，一根根都充塞着我的肺管；

你的两岸沙尘，一阵阵都遮蔽着我的耳目。

黄河，你岸边的参天古树，我只能在梦中重见，

长江，你源头的青青草场，也已经稀少斑驳。

啊，年轻的朋友！请记住：

记住祖国母亲的深情委托。

莫埋怨，历史的积淀过于沉重，

莫迟疑，要做的事情太多太多。

多少帝王将相，都只是匆匆过客，

多少盛世贤朝，都已把时机错过。

我们是中华民族的新一代儿女，

要向山山水水把失去的时间追讨，

要让逝去的祖先指点河山捻髯微笑，

让后世的晚辈翻开史册充满自豪。

啊，我的祖国，我的母亲河！

多少个日日夜夜，我在思索该为你做些什么。

在烽火漫天全民抗战的年代，

先辈们爱唱一支关于黄河的歌。

那雄壮的歌声又在我心中响起：

"保卫家乡！保卫黄河！保卫全中国！"

如今，虽然没有硝烟，没有战火，

保卫母亲河的战斗一样惊心动魄。

一股绿色的浪潮正在全国、全球涌动，

祖国秀美的山川，将在我们手中再造！

请天上的日月星辰为我们做证，

请未来的子子孙孙为我们做证：

且看这头上蔚蓝的天空，这脚下碧绿的草地，

这甘冽清凉的泉水，这永不枯竭的江河，

这人与自然和谐与共的绿色世界，

都将在我们这一代展现，用我们的劳动重塑。

啊，连滚滚东去的长江，

也将为造福中华分流北上，

和黄河携手，改变它亘古不变的航道。

这是梦想？是神话？还是现实？

请谛听一江春水向我们娓娓诉说……

祖国，我的母亲

米福松

在喂养革命的艰辛岁月

你是一碗盛满体温的乳汁

仅有的坚贞和爱

被挤得　直到干瘪为止

当自由和幸福　终于姗姗降临

你为之付出　膝下儿女和最后的小米

在举杯庆功的盛宴上

或者　在每一个细小又平常的日子

你似乎　有意让我把你忽略

我该去哪里找你　你的

一脸沧桑和一身洗白的布衣

其实你近在我的身边

有时是一条平坦的路

有时是一棵遮阳挡风的树

有时是我的新住房　书桌上一盏无言的灯

有时

你是我疲惫时　在街心花园

等着我的一把靠椅

今天　你让我把目光放远

随着你在太空飞翔的英姿

让我热血澎湃　当你在奥运会上

　　奏响一支进行曲

让我热爱和平也热爱战火中

　　每一个无辜的孩子

你是联合国庄严的一席

让我坚信生活也包括生活中的艰难和挫折

你是华夏大地春笋般茁壮的奇迹

而我即使远走天涯海角

你依然　倚在家的门口

向我挥动着　一方缀上五星的红丝巾

为我　拭去孤独和疑虑

让我记着你的谆谆叮嘱　母亲啊

你给我永远的温暖和勇气　给我

生命中可以捐献的一切

乡下的祖国

刘福君

只有在县级地图上才能找到你
你是故乡，是我乡下的祖国
找到你，就找到了我的两亩水田
三亩坡地、开花的果园，找到
我的妻子和小黑水罐似的儿子
我乡下的祖国啊，我们一边
修渠整堰，一边爱上插秧的春天

蓝天下的田野，瓦舍上的炊烟
抬起头就看见屋后绵延高大的燕山
我乡下的祖国啊，你是我——
炕头的灯盏、场上的柴垛、门前的菜园
也是我的篱笆、马车、割谷的快镰
我用青草叫住牛羊，野花唤醒露水
一起倾听你的鸡鸣犬吠和归燕的呢喃

我的故乡　我乡下的祖国

我以米粒呼唤、泥土作梦住在你的中间

你的蝴蝶、蜜蜂、鸽子、飞翔的云彩

你的田埂、石坝、土墙、守护的栅栏

乡下的祖国啊，从大地到天空

我热爱你低处或高处的阳光

也珍惜你阴影深处的血汗

像一条河水流过两旁的堤岸

我的爱是浪花是水草说不清的依恋

头戴麦秸草帽走过黄泥土路

我用四季风雨编织五谷丰登的花环

祖国祖国，我乡下的祖国啊

至于偶尔的歉收或一两张白条

我就笑着写进这首略带忧伤的诗篇

祖国的高处

第广龙

祖国的高处

是我黄河出生的青海

是我阳光割面的西藏

三朵葵花在上

一盏油灯在上

我爱着的盐

就像大雨一场

穿过肝肠

秋天到来，秋风正凉

路上是受苦，命里是天堂

歌手打开琴箱

把家乡唱了又唱

安塞的山多，驿马的水旺

一遍一遍的声音

是洗净嘴唇的月光

祖国的高处

长者慈祥

一个是我的父亲

一个是我的亲娘

守着银川的米

守着关中的粮

一辈子有短有长

骨和肉都能抓牢

都能相像

窗花开放，岁月悠长

我心上的妹妹

身子滚烫

左手举壶口，右手指吕梁

你的温柔就是我的刚强

把银子装满睡梦

把生铁顶在头上

我的幸福，在泥土里生长

藏族姑娘

王昕朋

身后绵延的群山，飘在山尖的白云
背上沉重的麦捆，与
藏服上的五颜六色，让我
想起阳光下的八达岭城墙

那张黑色的脸庞
汗珠凝固成诗行
额头，两道深深的皱纹中
隐喻着平安吉祥

也许你不会想到
你投向汽车的那一束目光
以及瞬间即逝的一丝笑意
已经把我的心擦亮

你一定不想知道车上坐着的

是位高权重的高官还是腰缠万贯的富商
你投来的那一笑，只是表达了
一个民族的文明和善良

可是，我却认为你那一笑
与你的心情一样
展示了：一个民族的自信
一个民族的希望

你微驼的背影
是否能背负起明天的朝阳
你沉重的脚步
是否在丈量着向往

你的祖辈子就是背着沉重的麦捆
在坎坷的山坡上踩出了一条小道
然后，让一代又一代生命
在苦难中成长

我后悔没有及时拍下这幅雕像
献给历史博物馆珍藏
让她在中华民族之林中
永远放射出光芒

北京奥运抒怀

杨修正

多少年的梦想，多少年的祈盼

多少年的拼搏，多少年的流汗

中国申奥历尽艰辛，几经磨难

终于获得二〇〇八年北京奥运主办权

这是中华民族坚韧不拔的意志

这是国家强盛民族兴旺的体现

中国人民扬眉吐气、兴高采烈、喜地欢天

全国人民同心同德，再接再厉

为奥运而奋战

以最好的场馆，先进的设备

优美的环境，热情的服务

舒适的生活，骄人的战绩

向世人展现

二〇〇八年

北京奥运规模宏大，盛况空前

让国人为之自豪，令世人为之赞叹

她将永载史册，铭刻世间

让其精神发扬光大，世代相传

祖国，我是你日夜奔涌的河流

康桥

祖国，我是你日夜奔涌的河流

每一滴水都携带着幸福的闪电

如果不是因为爱

我怎么会从自己的胸膛

劈出长长的河流

日夜流淌　从生命的深处走来

我就是长江　我就是黄河

如果没有浓于乳汁的滋养

我的黄土地又怎么会

托举出一座又一座山峰

那绵延的山脉是不倒的长城

珠穆朗玛　世界上最硬的骨骼

我的祖国在风霜雪雨中

昂起高贵的头颅　群山

隐伏　飞翔的翅膀

旋起大风　九万里长空

硝烟尽散

祖国，请把我警惕的眼睛

镶嵌在你血乳的胸前

我的血脉里

流动着不竭的誓言

我的湖泊　我的山川

我前赴后继的英雄儿女

你们——我生命的源泉

赴汤蹈火我也要奔流到海

祖国

谢克强

一

你是

半坡博物馆里出土的那只陶罐

质朴、丰盈还有几分亮丽

你是

秦始皇统一天下的那把长剑

倚天拄地而立

你是

随州擂鼓墩出土的青铜编钟

轰响一个民族的心律

你是

绵延千里伸向远天的丝绸之路

翻过岁月的坎坷走向平坦

你是

飘扬在天安门广场上的五星红旗

猎猎飞舞迎接新世纪的风雨

二

含在口里

你是我儿时放牧的一片叶笛

和吟诵的唐诗宋词

贴在胸口

你是我远离故土相思的红豆

和饿了充饥的红薯

捧在手上

你是我家一只祖传的青瓷大碗

和我描画未来的彩笔

扛在肩头

你是父亲走向荒漠拓荒的犁铧

和我屹立边哨的枪刺

倚在怀里

你是我母亲饱满多汁的乳房

和妻子温情的手臂

三

迎着熹光

你是一只衔着橄榄枝的白鸽

飞在人类祈祷的瞩望里

穿破黑暗

你是一座熠熠闪烁光华的灯塔

屹立时代风云际会的港口

伴着鼓角

你是女足运动员脚下的足球

角逐在世界的绿茵场上

风雨征途
你是一页历经沧桑才兜满春风的征帆
逆着激流险滩进击

浴着秋阳
你是一棵伤痕累累又勃发生机的大树
挂满甘甜也有点酸涩的果实

祖国，我们的祖国

刘丙钧

我听妈妈讲过，女娲

用黄土造人的神话传说，

但我却相信它是真的

不信，你看，

我们身上土地一样的肤色。

我们是这块土地的灵魂，

这块土地是我们的骨骼。

祖国，我们的祖国。

我听妈妈讲过，古莲子

和古莲子一样的祖国。

苏醒了，沉睡千年的古莲子，

吐出渴望，吐出崭新的绿叶。

站起来了，古老却又年轻的祖国。

闪烁着五颗星星的红旗下，
开创着崭新的生活：
太阳般火热的生活，
春天般蓬勃的生活，
山岭般雄浑的生活，
江河般激越的生活。

祖国，我们的祖国。

我听妈妈讲过星星，
无数星星列成了银河；
我听妈妈讲过树木，
许多树木聚成了森林。
于是，我想，
祖国，就是
孩子和妈妈的总和。
孩子的眼睛是祖国的天空，
妈妈的呼吸是祖国的脉搏；
孩子的笑声是春天的花蕾，
妈妈的乳汁是长江、黄河。

妈妈，我的妈妈。
祖国，我们的祖国。

祖国

姜桦

祖国，今夜，我将你放进一江月光里

放下你的大地和天空、森林与河流

江水清洗着岸边的野花

白胖胖的婴儿，在梦中吮着手指

月光里，祖国，你水灵

如一支嫩生生的茭白

今夜，地里的庄稼已经成熟

一只手，将巨大的秋天向我推动

祖国，你的天空干净，挂不住一丝目光

一朵金黄的葵花，盛开在

唯一能留住我生命的时刻

在辽远的大地上写下滚烫的诗行、我的泪

写下：秋夜的虫鸣、果园里的爱情

风剥开成熟的果实

从山坡上滚下，滚入江中

无数目光，抚摸着一个开花的名字

祖国，你的花朵和土地被月光淹没

连同我的誓言、血管中流淌的红河

在驻足中仰望、仰望中沉思

祖国，你广袤、博大、深刻

在我心底的分量太重

像这水底、这月光晃不动的巨石

今夜，祖国，我将你放进一江月光里

什么也不能停止我的歌唱

黑夜不能、风雨不能

火不能、血不能

一千次的死，我也要

将心底的那个字说出

虫鸣沉寂，这是祖国

大地走动，这是祖国

泪水中的祖国、血脉里的祖国

骨头里的祖国

贯穿着整个生命的祖国

高举一束沉甸甸的稻穗
我含着眼泪
轻轻轻轻叫一声
祖——国——啊！

祖国

胡弦

四月太微弱，而十月
又太浩大。从母亲到无数幻象，
祖国遭到比喻，遭到
真实与虚无的双重击打

从风吹到静止到一张张或新
或旧的地图，祖国一再被
平面化；从历史到传说，
祖国一直在变形中……

有些真实的东西消失在
祖国表面。而我
一直生活在祖国深处
我看到的祖国，正被别人错误地描述
——我所经历的正被祖国遗忘

多少虚妄的骄傲构成了
这羞愧。像海水里的一滴盐，
在祖国浩瀚的透明中，
我一直以看不见的方式存在

从苦难的欢腾到幸福的边缘
祖国的咸味穿过我的灵魂
我是宁静的，易溶的，也是坚硬的，
在祖国的阳光下，偶尔，
我捏响自己小小的骨骼

自画像

吉狄马加

像风在黄昏的山冈上悄悄对孩子说话
风走了，远方有一个童话等着它
孩子留下你的名字吧，在这块土地上
因为有一天你会自豪地死去

——题记

我是这片土地上用彝文写下的历史
是一个剪不断脐带的女人的婴儿
我痛苦的名字
我美丽的名字
我希望的名字
那是一个纺线女人
千百年来孕育着的
一首属于男人的诗

我传统的父亲

是男人中的男人

人们都叫他支呷阿鲁

我不老的母亲

是土地上的歌手

一条深沉的河流

我永恒的情人

是美人中的美人

人们都叫她呷玛阿妞

我是一千次死去

永远朝着左睡的男人

我是一千次死去

永远朝着右睡的女人

我是一千次葬礼开始后

那来自远方的友情

我是一千次葬礼高潮时

母亲喉头发颤的辅音

这一切虽然都包含了我

其实我是千百年来

正义和邪恶的抗争

其实我是千百年来

爱情和梦幻的儿孙

其实我是千百年来

一次没有完的婚礼

其实我是千百年来

    一切背叛

    一切忠诚

    一切生

    一切死

啊，世界，请听我回答

我——是——彝——人

春风再一次刷新了世界

李少君

寒冷溃退，暖流暗涌

草色又绿大江南北

春风再一次刷新了世界

浓霾消散，新梅绽放

卸下冬眠的包袱轻装出发

所有藏匿的都快快出来吧

马在飞驰，鹰在进击

高铁加速度追赶飞机的步履

一切，都在为春天的欢畅开道

海已开封，航道解冻

让我们解开缆绳扬帆出海

驱驰波涛奔涌万里抵达天边的云霞

南高原

于坚

太阳在高山之巅

摇着一片金子的树叶

怒江滚开一卷深蓝色的钢板

白色的姑娘们在江上舞蹈

天空绷弯大弓

把鹰一只只射进森林

云在峡谷中散步

林妖跑来跑去拾着草地上的红果

阳光飞舞着一群群蓝吉列刀片

刮亮一块块石头　一株株树干

发情的土地蜂涌向天空

蜂涌向阳光和水

长满金子的土地啊

长满糖和盐巴的土地啊

长满神话和公主的土地啊

风一辈子都穿着绿色筒裙

绣满水果白鹭蝴蝶和金黄的蜜蜂

月光下的大地披着美丽的麂皮

南高原的爱情栖息在民歌中

年轻的哲学来自大自然深处

永恒之美在时间中涅槃

南高原　南高原

在你的土地上

诗人或画师都已死去或者发疯

南高原　南高原

多情的母兽　人类诞生之地

生命之弦日夜奏鸣

南高原　南高原

那一天我在你的红土中睡去

醒来时我已长出绿叶……

祖国之夜

姜念光

这是他入伍后的第九十天，

凌晨两点，第一次站夜岗。

好像第一次看见真正的黑夜，

他有些害怕，也有些激动，

于是哗啦一下拉开枪栓，动静大得

令人吃惊。万物屏息，提着肝胆。

此刻，枪膛和他的胸膛一样空，

空虚的空，空想的空，或者

漫无目标的，空手白刃的，夜空的空。

为了压住心跳，他深呼吸，默念口令，

再次深呼吸，慢慢把一条河汉放进胸中。

然后他轻轻地推着枪栓，咔嗒一声，

一个清脆的少年，被推了进去。

在此之前，从来没有过这样的夜晚，

四面群山环列，满天都是星星。

从来没有这样庄严地站着，

用虎豹之心，闻察此起彼伏的夜籁之声。

是不是所有新兵，都会有一个这样的夜晚？

仿佛突然长大成人，开始承担命运，

并且突然清楚地想到了：祖国。

这个磐石的、炉火的、激流的词，

装上了热血的发动机，让他

从此，胆量如山，一生怀抱利器。

青春的旗帜

大卫

我得用掉多少颗星星的钻石

才可以拼出青春这个词

我得用掉多少吨阳光的金粉

才可以写下祖国这两个字

九百六十万平方公里的土地

是一张多么广袤而又繁花似锦的稿纸

我要蘸着初冬的第一场雪

以坚毅的目光为笔

写下大豆、玉米、麦子、高粱这些名词

写下蜜蜂、蝴蝶、燕子、青蛙这些动词

写下风写下雨

写下春天的第一句鸟啼

写下雪写下霜

写下岁月的第一痕新绿

祖国啊——

在我年轻的胸膛上

我还要写下长城和像长城一样雄伟的信念

写下泰山和像泰山一样巍峨的誓言

我要站在高高的青藏高原

在离天最近的地方

把双臂最大限度地展开

像鹰展开它的双翅

像天空展开它的雷霆

祖国啊——

如果有一道闪电急速划过

请为我祝福吧

那是你的儿女向世界挥出的

一道最为明亮的手势

有风或者没风的日子

祖国啊——

你都将看到青春的风采

太阳一样，迎着新世纪的潮汐

在各种不同肤色目光的瞩望中

冉——冉——升——起——

从喜马拉雅到阿尔卑斯

从圆明园到庞贝遗址

每一个脚印

都押着自信、自尊、自强的韵律

每一次出发

都迈出让世界惊奇、惊喜、惊叹的步履

是你星光璀璨的夜晚

给了我柔美的梦境

是你一望无垠的大草原

给每一匹骏马以奔腾

祖国啊——

你给每一朵花都以春天的笑脸

你给每一只鸽子都以万里无云的晴空

就像小草以绿色回报大地

小溪以浪花回报大海

我要把我的那一颗心掏出来

回报你给我的幸福、安宁、甜蜜、温馨

祖国啊——

我吐气如兰嘘气如虹的祖国

请你相信我的坚定

请你相信我的忠诚

请你相信万千儿女的那一颗心

永远啊永远为你而跳动

五千年的文明一旦重新崛起

定将是一根最为高大的旗杆

火热的青春

将是一面最为辽阔的旗帜

那猎猎作响的

是激情澎湃的心跳

长江是一行诗

黄河是一行诗

祖国啊——

你就是那个

最为温暖最为动人

最为光辉最为灿烂的标题

我在一颗石榴里看见了我的祖国

杨克

我在一颗石榴里看见我的祖国

硕大而饱满的天地之果

它怀抱着亲密无间的子民

裸露的肌肤护着水晶的心

亿万儿女手牵着手

在枝头上酸酸甜甜微笑

多汁的秋天啊是临盆的孕妇

我想记住十月的每一扇窗户

我抚摸石榴内部微黄色的果膜

就是在抚摸我新鲜的祖国

我看见相邻的一个个省份

向阳的东部靠着背阴的西部

我看见头戴花冠的高原女儿

每一个的脸蛋儿都红扑扑

穿石榴裙的姐妹啊亭亭玉立

石榴花的嘴唇凝红欲滴

我还看见石榴的一道裂口

那些餐风露宿的兄弟

我至亲至爱的好兄弟啊

他们土黄色的坚硬背脊

忍受着龟裂土地的艰辛

每一根青筋都代表他们的苦

我发现他们的手掌非常耐看

我发现手掌的沟壑是无声的叫喊

痛楚喊醒了大片的叶子

它们沿着春风的诱惑疯长

主干以及许多枝干接受了感召

枝干又分蘖纵横交错的枝条

枝条上神采飞扬的花团锦簇

那雨水泼不灭它们的火焰

一朵一朵呀既重又轻

花蕾的风铃摇醒了黎明

太阳这头金毛雄狮还没有老

它已跳上树枝开始了舞蹈

我伫立在辉煌的梦想里

凝视每一棵朝向天空的石榴树

如同一个公民谦卑地弯腰

掏出一颗拳拳的心

丰韵的身子挂着满树的微笑

前进路：方向和速度

黄劲松

现在，汽车从一片湖岸的开阔地出发

在满眼葱绿的意象里

奔驰成一种诗意的速度

在笔直的思绪里

前进是不可遮挡的方向

那些茅檐草舍

那些沉埋的目光

在时间快速行进的序列中

被顷刻瓦解成记忆的碎片

那些生长着的高度

拔节着精神

以及匆匆赶路的脚步

充实着一条道路的神与魂

政治家、银行家、企业家、文艺家

在这条道路上播种和收获

像一棵棵大树

被温润的空气和水托举着高远的心事

像一片片草坪

在舒适的空间里铺排着阔大的憧憬

他们前进

像追赶猎物的豹子一样前进

为了一个神圣的约定而前进

现代化，在我的窗外大面积地呈现

如一个检阅者

时时惊喜无限活力和魅力

譬如：大厦里一个开启新的章节的剪影

蓝天下高挂着的像惊叹号一样的彩幅

又譬如：一群穿过斑马线的孩子

一个绿荫下等待约会的少女

而他们的前方

在这个城市的前方

正崛起着一种新的图腾

从西部到东部

从目光到内心

现在只有一个方向：前进

沿着一条道路前进

作为一个时代飞奔的标志

前进路，它的翅膀正渐渐地将蓝天覆盖

向开拓者致敬

远洋

你，开拓者，一个民族的开路先锋，

肩负时代的巨斧和雷电，

和闪着早春寒光的犁铧，

劈开冻云，向板结的土地挑战，

向僵滞的季节挑战，

向藤蔓纠结的藩篱和荆棘封锁的禁区挑战。

你曾喊叫着，行动着，沉默着，

高高竖立起一个开放的雕塑和路牌——

把门打开！

把门开得大些，再大些！

把门框推向两边一直推到开裂！

把陈旧而开裂的门框拆下来！

今天，当你老了，本该卸鞍歇息，

你又从头开始，从零开始，从负数开始——

卸掉历史的包袱，

轻装前进，上路！

为突破瓶颈，穿过夹缝，

冲出长长的幽暗的隧道，

指挥着，调度着，大声疾呼着，

让一切走上新的轨道，

走上电缆和光纤铺设的信息高速公路，

让一切高速并且高效地运转起来！

让一道思想的光芒照亮春天的泥泞，

让波澜壮阔的春潮通过你继续汹涌澎湃地奔流，

你筋肉凸突的臂膊仍然迸泻着汗瀑，

你久久压抑的力量也从中喷发出来——

你以抛弃一切和不怕被一切所抛弃的果敢——

仍然站在了时代的最前列！

朱日和：钢铁集结

刘笑伟

这是战斗的集群在集结，

在辽阔的、深褐的大漠戈壁疾驰，

翻腾起隆隆的雷声。

犹如夏日的篝火，用暴雨般的锤击，

为祖国送去力量和赞美。

这是战斗的集群在集结。

金属浸透迷彩，峥嵘写满军旗。

中国革命的果实，在我们思想的丛林

扎下深深的根：长征，依旧每夜

在灯光下进行，延安窑洞的烛火

响彻我们灵魂的四壁。

我们是中国军人，

是绿色的海洋，是枪炮所构造的

金属的鸽子，是夏日乐章中

最热烈的一节；是峭壁上的花朵和黄金，

是转折关头升腾的烈焰，

是凤凰涅槃般的浴火重生。

我们守卫着黄河的古老，

守卫辽阔的海洋和天空，

以及敦煌壁画的色彩。

我们热爱的云朵，垂下雨滴

守卫祖国大地上每一粒细微的种子。

这是战斗的集群在集结。

电磁的闪电蓄满山冈，

巨舰驶向深蓝。

我们是深山密林内，大漠洞库里，

直指苍穹的利剑，

是冲击蓝天的极限飞行。

是惊涛骇浪里，潜在最深处的

无言的威慑。我们是神舟，是北斗，

是天河，是天宫，是嫦娥，是蛟龙，

是写在每个中国人脸上自豪的微笑。

这是战斗的集群在集结。

我们是强军征程上，品味硝烟芬芳的
年轻的脸孔；是迈向世界一流的
热切的渴望；是热血开在身体外的
漫山遍野的红杜鹃。

只要有古老的大地，只要有复兴的梦想，
只要有美丽的人流和耸立的大厦，
我们就会永远用警惕的姿势抗击阴影，
只要有祖国的概念，只要和平与爱情，
我们军人的意义就会永远
在大地上流传，绵绵不绝。

念黄河

周所同

地理书上读你。读你

如读故乡那条蓝幽幽的小溪

祖母的蒲扇下读你。读你

如读萤火虫一闪一闪的灯谜

梦境的矮檐下读你。读你

如读母亲倚门唤儿的亲昵

线装的唐诗里读你。读你

如读李白将进酒的豪气

黄河，黄河啊

我是你穿红兜肚的孩子

真的。我已不记得是怎么长大的了

只记得父亲拉纤归来

总为我采回一束蓝蓝的马莲

哦！这无字无声的摇篮曲

采自你纤绳匍匐号子裂岸的河畔

妈妈停下纺车就是三月了
三月的炊烟总是饿得又细又软
我拽着妈妈的愁绪去挖野菜
哦！野菜很苦很苦也很甜很甜
赤着的脚趾走在你的沙地
深刻感受到你十指连心的爱怜

数着你的渔火入梦，我的
小红帽就不再害怕狼外婆敲门了
喝口你的河水润嗓，我就
能把信天游唱成起起伏伏的山梁了
扎起你三道蓝的羊肚手巾
我就敢把山丹花别在姑娘鬓边
而吃一碗你的小米捞饭
我便见风儿长成北方一条壮汉！

喊我一声乳名儿吧！黄河妈妈
我是你善良的眼睛望高的孩子
也是你苦难的石头磨硬的孩子
只要你还有旋涡还有浅滩还有

第一千次沉船时高扬的手臂

我就会应声而来。长成你

第一千零一次不倒的桅杆!

海南书

李满强

一

当我在纸上写下：海南

远方的三角梅就开了

高大的椰树林，就在晨光中频频招手

当我在祖国的版图上

辨认出我的崖州、琼州，辨认出我的

千里长沙、万里石塘

一株百年黄花梨柔软的金丝里

就荡漾起古老的乡愁

二

这是从冰凉的海水中成长起来的海南

这是火山曾经奔涌不息的海南

这是丝绸舒展、瓷器闪光的海南啊

这也是苏东坡和海瑞念念不忘的海南

当赤道温暖的洋流再度抵达天涯海角

当浩大的春风，在南方骤然生成

共和国年轻的孩子，脱胎换骨

在 1988，开始扬帆远航

三

在海口，我曾和一个当年"下海"的诗人彻夜长谈：

"那时，大海荡漾着迷人的召唤

这年轻的土地，期待开垦、播种和繁殖

期待着以最快的速度生长

湖南人、四川人、陕西人、甘肃人……

仿佛世界上所有的人都来到了海南

旅行者、淘金者、冒险者、建设者、梦想家……

在海南，都如鱼得水，都找到了用武之地"

四

此后，你看那潮头涌动之处

红树林开始迅速生长。万泉河水

泛着欢乐的波浪。一只漂泊多年的渔船

迅速辨认出了高高矗立的木兰灯塔

莺歌盐场，炽热的阳光和风

一次次重新塑造着大海的形状

三亚、博鳌、琼海……一个个古老的渔村

在时代的春风里，变成了四季花园，度假的天堂

五

跟我去看看三沙吧，去看看

那里的每一个沙洲，睁大了眼睛的蓝洞

当永兴岛上的红旗

在清晨的第一缕阳光之中缓缓升起

你看，祖宗海上

那些美丽的珊瑚，游动的鱼群

一只只在海底自由走动的梅花参

都长成了自己想要的模样

六

时隔三十年，当我在北方高原上掉头南望

我确信，海南啊，那就是我梦中的诗歌和远方

当我坐着环岛高铁，在丰收的阡陌中穿行

当那高高的航天发射塔，一次次

向太空送去我们的问候和探索

当那探海的蛟龙，一回回从深水中成功返航

我坚信潮起潮落之间，已是世事更迭、换了新天

南海上的每一粒沙，都积聚了新的力量

七

而现在，建设美好新海南的宏图已经绘就

而现在，阔步迈进新时代的号角已然吹响

你听，每一朵跳跃的浪花，都在歌唱幸福的愿景

你看，每一艘出港的巨轮，都有着自信的航向

在海南，我曾见明月高悬、海风温柔

守护着一个民族不变的初心

在海南，我曾见旭日东升、金光万丈

辉映着一个东方文明古国崛起的梦想！

祖国之秋

曹宇翔

今日你徒步走进秋天的广场

深秋了，天已转凉，菊花开放

风把四个湛蓝的湖泊运向空中

空中，缓缓驶过云霞船队

空中，雁翅划动季节的双桨

用歌声迎接大地起伏的歌声

在澄明的秋天你看见所有人民

城市、乡村、太平洋的波浪

甚至看到你远逝的童年，祖母

干草垛，一个孩子摇响铃铛

这原野、河流，这落叶、果实

每天，广场升起一面旗帜

每天，土地长出一轮光芒

一切都是值得的，内心幸福

你笑了，想起曾有的一个梦想

谁能不爱自己的祖国呢

"祖国"，当你轻轻说出这个词

等于说出你的命运、亲人、家乡

而当你用目光说到"秋天"

那就是岁月，人生啊，远方

照见：天空之镜

张况

天空之镜，照见天堂的颜色，照见茶卡盐湖的裸体
历史的五官清晰无比，那雍容的呈现，是首页的
　考题
透着史诗的暖；是天空赐予大地的宽广诗意
氤氲着难以磨灭的朦胧与真实
它们以颗粒，维护时间的结晶地位
让所有高居于味蕾之上的认知
激活了亿万斯年的记忆

神的镜子，是大地灵动的眼眸
她能照见鹰的雄姿、《楚辞》的断句
照见格萨尔王的太息，消失于一首长诗
她能照见唐宗宋祖的风采、照见成吉思汗的铁蹄
在梦一般的镜面上疾驰
将一个横扫欧亚大陆的伟大世纪

轻轻卷起

是的，她能照见一个民族伟大复兴的缘起

照见既往的"一带一路"，风一样拉动世界的视力

给人类栖居的水乳大地

留存最庄严的膜拜仪式

盐是时间的立方

她不是甜言，也没有蜜语

她雪白的圆满，上接天、下接地

以神谕的滋味，呈现一种辽阔之美

吐纳世间的风刀霜剑，抹平轨道留下的心迹

她避开俗世咸淡的执念，与云朵

成为天地间最洁白的孪生姐妹

她们的血缘，来自不离不弃的坚持

她们眼眸里的春风，拽着天堂的歌声飞舞、加持

祁连山从不剃度的白发，透着雪意

像她们甩出去的绵延水袖，永难收回

她们洁净的气质，缠绕着生命的情义，感天动地

她们携手走进农谚，走进茶卡盐湖散落一地的履历

坚持或放弃，都非一时冲动的深思熟虑

那些流星般闪现的红男绿女

是她们前世就开始邀约的知己

我要是爱她们，就热爱她们的全部

我绝不会只爱她们的一半悲喜

我会截留天堂的颜色，抓住时间的笔

为这无边的苍茫大地，画一个巨大的谜

我会在这近似于无的空白境界里

为众生的平等，删去所有的杂质

亲亲祖国

许敏

猝然相遇

这荧屏上无数跳动着的脸谱

京剧的川剧的黄梅的……

都是我血脉里的故乡

听金鸡那漂亮的一嗓子

惊醒祖先沉睡的粗陶

植根山水爆芽民间

有多少宫商角徵羽

踩着千年的鼓点与节奏

走过关山走过平原

走过那枚红菱肚兜抖开的

一角鲜嫩的江南

石头里的秦俑汉马

烟波上的船歌鱼汛

谁抬起沉重的脚扶不稳内心的节奏

漂洋过海

又被牵回万里外的村庄

走进母亲床头的陪嫁箧

走进父亲手中的紫砂壶

走进妹妹身上那块蜡染布

牧着一群长不大走不丢的牛羊

今生燕子不会认错回家的方向

飞天舞袖

我是大漠里挑灯看剑的诗人的后裔

目光随三山五岳隆起的地脉上升

又在互联网上穿行

黄河边那个又花又鼓的女子是我的爱人

一月移动莲的步伐

我的心是一只洁净丰盈盛满爱情的坛子

只愿在清水里受孕

亲亲祖国从高原到海洋

今夜我是吻向您额头的那弯新月

航母赞

徐高峰

祖国的东海

祖国的南海

祖国的黄海

祖国的渤海

祖国的太平洋供给线

祖国的海洋安全

需要航空母舰

二〇一一年八月十日

历史会铭记这个日子

中国的首艘航母

由大连海港出发

正式试航

从东海之滨

到莽莽昆仑

从华中腹地
到雪域高原
数万万中华儿女
翘首以待

二〇一一年八月十四日
历经五天的游弋
航母试海胜利归来
百年的强军梦
凝聚在抛锚的一刻

看历史浮沉
忆甲午硝烟
屈辱的中华近代史
与大海相依
与战舰相伴

毛泽东同志说过
落后就要挨打
小平同志也曾说过
发展才是硬道理
惊醒的东方巨人
奋起的炎黄子孙

从党的十一届三中全会开始

踏上了

走中国特色社会主义经济建设之路

踏上了

走中国特色精兵之路

三十年改革开放

三十年实战练兵

我们实现了经济建设的辉煌

我们拥有了强大的国防

一艘航母

代表不了一个国家的军力

一艘航母

赢不了一场现代化局部战争

但正是一艘航母

却点燃了军中男儿

心中熊熊烈火

好一个航母试航

祖国为你喝彩

军旗为你高歌

酒泉航天城

谭仲池

这是一个全世界瞩目的地方

金焰红光鼓动神九飞船的翅膀

那惊雷般的声响

把辽阔的戈壁纵情摇曳

蓝天如洗　东风吹拂

吉祥的时刻激荡着心灵的欢呼

天宫一号在俯首凝望

英雄的中华儿女从容镇定的矫健英姿

眼前的戈壁铺展满目绿茵

错落有致的飞天建筑

一同挽起了铸就新辉煌的臂膀

红色旗帜的颜色洋溢战友的情谊

一瞬间　历史长河的一个闪电
定格了神九飞天的庄严盛典
该用怎样的诗句描绘眼前的壮观
依然是大漠孤烟直　长河落日圆

落日之圆　点燃了航天城所有的焰火
点燃了数万航天人狂欢的激情
酒泉如酒　把酒千盅举杯向月
却无法灌醉灯火灿烂的航天城廓
我们会永远记住这个神圣的日子
记住航天人的千般辛苦万般奉献
记住祖国的富强兴盛和谐与嘱托
记住第一个女航天员甜美的眼神和笑靥

喝吧　请高高举起酒杯
举起全国人民的祝福和赞美
举起属于我们的天空和未来
举起长流不息的创造和期待

中国天眼

吴治由

广袤的宇宙空间，是人类的共同家园；不懈探索浩瀚宇宙，是
人类的共同追求；蓬勃发展的天文科学，是人类的共同财富。

——习近平在国际天文学联合会第 28 届大会开幕式上的致辞

1

要相信，科学才是引爆地球最终的时尚
只有科学的骤风，才能成为人类和宇宙
永恒的焦点。就像爱的暗语，总悬挂在高处
即便是星光，也只有勇敢的智者才能萃取

而时间的简史，就此推演进了 1993 年秋天
日本、东京，第 24 届国际无线电科联大会
那是天文科学的洪流，在此云集

那是从字母的表达，到笔画的书写
那是从英语的描绘，到汉字的叙述
无数声音、无数关于未来的：眺望与预言

可天文科学的灵感，却总是昙花一现
浪花也只有一朵。但就在它闪现的刹那间
早已被一位名叫南仁东的中国天文科学家
盯上，还一把捕捉，并就此用生命紧紧包裹——

不论是"LT""NGRT"，还是"SKA"
一平方公里的观天阵列，抑或后来居上的
"FAST"，傲视苍穹"突破聆听"的翘楚
关键时刻，21世纪的中国和春风万里的中国人
敢于站起来，向世界高声喊出：我在！

2

不要说：世界因你而精彩或世界因你而存在
我只想知道，是什么样的一群特殊的人
暗暗较劲，独自在天文科学的史册上勾勒出
一个象征主义的圆，并成为第一时间
中国向世界拿出的：中国概念和大国方略

于是，从华北到云贵、从平原到高原
从北纬 39.5427°、东经 116.2317°
直抵北纬 25.6472°、东经 106.8558°
飞扬着一场天文科学大写的长征
那是大自然与喀斯特洼地的天设地造
更是一个孕育了 5000 年文明史的
泱泱国度，要在宣纸的逶迤上：泼墨挥毫

呵！说什么云海苍莽，那是江山盛景
那是理想与信念、智慧与手与心的耕耘
要在 960 万平方公里的大地上演奏时代乐章
那是内心的原动力与一切简单或复杂方程式
的点、线、面，又一次重新塑造的完美组合
更是 14 亿人异口同声喊出民族复兴的肺腑

嘿！开山哟碎石，拓土哟运输、修筑——
爆裂的轮胎、烧毁的刹车片、损毁的钢毂
黄的红的安全帽，蓝的灰的工装，破损的鞋
大锤、钢钎、镐子，箩筐、扁担、马匹……
夜以继日，迎着天文科学的高山擂响了战鼓

嘿！开山哟碎石，拓土哟运输、修筑——
对讲机、破拆器、测量仪，扳手、焊接工具
足底的水泡、手中的茧子、干裂的唇和痂上的血
还有那滚烫却又与雨水交融的汗水和泪水……
夜以继日，迎着天文科学的大海吹响了号角

而我又怎能忘却，每一个天文学家、工程师
科技工作者，以及每一个普普通通的建设者
甚至绿水大窝凼易地搬迁、精准脱贫的老百姓
他们前一秒刚住进安置房，后一秒旋即转身
全身心，又转战到了中国天眼的施工现场

这里呵，曾是他们从不曾想到要抵达的：远方
这里呵，曾是他们从不曾想到要离开的：故土
如今却又成为他们重新认识自己和世界的原乡
在这里，他们已凝聚成了一支不惧征途的队伍
在这里，他们要通过不懈努力向科学的峰顶冲锋

3

我没理由不满怀感慨，没理由不大声说出：爱
无论在大窝凼的施工现场，还是北京、上海……

一个个不为人知的研究室，克难攻关的车间
他们敛气凝神，他们灵感喷发，他们不怕失败
失败了重来，敞开胸怀里所有的门窗
一次次从零开始，一次次战胜前所未有——

什么毫米级，什么超级材料、温度和位姿准确
什么轴向高度和磁场干扰
什么大跨度钢构和公里范围高精度动态测量
又什么天线制造、微波电子、并联机器人……

又什么：
9000 根高精度、高强度钢索连接的反射面索网
4450 块边长 10—12 米的三角形反射面板单元
2400 个节点下方连接下拉索和促动器装置
1600 米周长的钢构圈梁，50 多层楼的高度
1/4 个鸟巢和 30 个足球场，再到
30 吨、1600 吨、5600 吨，不断飙升的重量……

从大窝凼的洼地施工到浇筑繁星般繁密的水泥墩
从一颗螺丝钉到一根钢构、索网材质的择优选拔
从一块反射面板的大小，到六座高塔的排兵布阵
从馈源舱的精准度，再到"天眼"的超灵敏感应

和稳定系数……无数盏昼夜通明的聚光灯
都一一准确无误地击打在每张一丝不苟的脸上

呵！我又有何理由不去相信——
是世界的就是中国的，是中国的就是世界的
这个真理。而我也必将相信：这就是
世界最大、中国唯一的
500 米口径球面射电望远镜
21 世纪，人类天文科学历史上的：史诗巨制

每次，只要想起的那一瞬间我似乎就又置身现场
变成一个科学家、工程师或一个无名的建设者
钻进吊塔，绑好了安全带，打开了对讲机
一次一次，用嘶哑而兴奋的声音下达指令：
捆绑
起吊
安装……

从地面到空中，从空中到地面
沿着坡度上升，沿着坡度下降
白天和黑夜，共和国的脊梁无时无刻无不围绕着
一只观天的巨眼，在那里：精雕细琢

什么眼眶、眼球、眼睑，又什么视觉神经元……

而这一切，却不单单只是为了在世界的东方
太阳系里蔚蓝色的星球之上：绘一张
史无前例的天文科学的蓝图，画一个超乎完美
的圆。然后，将人类的目光向着 60 亿光年
的外太空顺延，并就此搭上地外文明的天线
甚至是将整个寰宇：坚决、彻底地狩猎

我愿相信，这是人类社会发展的鞭挞与必然
是一个个大时代楷模的神工鬼斧和匠心独运
我更坚信，这是 21 世纪逐鹿科学的主战场
是百分百的中国元素，突破国际封锁之后
又一国之重器，正一天天在鏖战中逆境而生

就这样呵！说什么烈日当空又什么月影西斜
还什么汗如雨下抑或是热火朝天的无畏险阻……
从 1994 年凤凰涅槃伊始，到 2016 年 7 月 3 日
中国天眼的最后一块反射面单元结束安装
再到 2016 年 9 月 25 日终于摁下按钮成功启用

22 年，22 年呵！8000 多个日日夜夜

就在中国，就是一群平凡又伟大的中国人
竟建成了一座 500 米口径球面射电望远镜
22 年，22 年呵！8000 多个日日夜夜
就在西部，就是绿水青山的云贵高原
竟建成了一座完完全全中国独立自主知识产权的
　　巡天利剑

多少人，竟因此而热泪盈眶和失声恸哭
这时候，总有人为此不停奔走和大声疾呼：
他们是怎样的一群英雄人物
他们倾其一生构筑起了新中国多少新的历史高度
他们的成功到底又打破了多少吉尼斯的世界纪录

4

事实由此证明：伟大民族本来就有坚强的意志
迎着朝露，每天都能走出一条铸就辉煌的道路
事实由此证明：伟大国度有着不可比拟的气度
迎着太阳，每迈出的一步都蕴含着历史的厚度

中国天眼呵，你就是中华民族骄傲的脸庞
是你，也只有你，才能坐拥举世的瞩目

中国天眼呵，你就是中华民族高贵的头颅
是你，也只有你，才能沟通：天、地、人

一切时间与空间的维度！可是，此时此刻
我却只能反复地说出：时间
一切时间的简史，一切简史的时间
就这样伫立在文明古国云贵高原上放声朗读：

中国
　贵州
　　平塘
　　　FAST
　　　　尖端科技
　　　　大国重器
　　　　　中华民族，乃至全人类的财富！

起飞中国

宁明

我的生命注定要写进这一天的日历

从跨进驾驶舱那一刻起

我就把自己都交给了 C919

它也把命运交给了我

这一天，上海浦东机场的天空阳光明媚

把试飞现场几千人激动的心情

也映照得像五月一样晴朗

我调匀呼吸，再次仔细检查每一项座舱设备

仪表板上的每一只指示灯

都向我意味深长地眨着明亮的眼睛

它们像刚踏上花轿的新娘，眼神儿里充满了

难抑的激动，和掩饰不住的一丝紧张

而此刻的我，心情和 C919 一样

彼此怀揣着好奇，一次次把对方深情地凝视

我了解 C919 不平凡的身世

也听说过它背后藏起太多的动人故事

它是一个"吃百家饭"长大的孩子

血液里流淌着几千名设计师的腾飞梦想

就连身上穿的衣裳，也是来自祖国的四面八方

——有成都的帽子，江西的上衣，哈尔滨的鞋子

还有西安的风衣，沈阳的裤子，上海的领带……

这样的完美组合，才更具一副中国的气质

我还知道，C919 是一个腹有诗书的才子

据说，它有六项学问至今无人可及

能与这样的优秀者做合作队友

是我的荣幸，更是一种信任的依托

我和 C919 神情肃穆，静静地昂立在起飞线上

只待那一句"起飞"的口令

发动机涡轮叶片的旋转比思绪更快

我收回想象，目视笔直的通天大道伸向远方

将心中按捺不住的冲动，用刹车止住

C919 在静止中积蓄着冲刺的力量

我的心和它一起震颤，一起渴盼

巨大的轰鸣声淹没了外界的一切窃窃私语

一个大国的自豪，即将起飞

我感受到了 C919 的巨大推力

它正在让一个民族的伟大梦想不断加速

跑道两侧的障碍物统统被甩在了身后

速度表上的数字在迅速攀升

我在耳机里仿佛听到了自己的心跳

加速滑跑，再加速、加速——

C919终于盼到了昂首挺胸的时刻

我双手握紧驾驶盘，像轻轻托起

一颗初升的太阳，又像托住了一个初生的婴儿

飞机挣脱大地怀抱的那一刹那

我的心倏然下沉，虽意志决绝，而又依依不舍

这多像十月怀胎的母亲，猛然听到了

那一声让人喜极而泣的幸福哭喊

今天，所有的云朵都格外洁净、安详

它们轻轻擦拭着C919修长的双翼

像抚摩一位新过门的蓝天女儿

C919尽情地沐浴在万里春风和灿烂阳光下

比游弋在大海中的大白鲸游姿更美

飞翔中，我的意志被插上了自由的翅膀

其实，我就是一只巨大的白鸟

用羽翅在蓝天上描绘一幅最美的图画

我要让日月星辰和所有仰望的眼睛

都能看清，并牢牢记下C919潇洒的身姿

记住2017年5月5日这个神圣而庄严的日子

是的，我用使命把 C919 送上了天空

我的生命，从此注定要和 China 焊接在一起

天空不再只会掠过 A 字头和 B 字头飞机的身影

更多 C 字头的飞机，将跟随我一起起飞

一个庞大的机群，将穿行在地球未来的上空

用一条条纵横交错的航线

编织出一张巨大的天网，为全人类

日夜打捞，最吉祥、美丽的礼物

抒写北川
——纪念汶川地震十周年
曹庆芳

拭去眼角的泪

用心翻开相册

再一次

回眸昔日

雄伟秀丽的高山

绿色如茵的植被

清澈见底的河水

幸福开心的人们

四面八方的游客

但在黑色的 5 月 12 日

一场大地震

无情地摧毁了您的全部

刹那间

您的躯体被肢解

您的容颜被毁坏

繁华的闹市成了死城

高楼大厦夷为平地

数万名同胞永远失去了生命

这一次

是您把祖国母亲的心揪紧

也是您给可爱的军人出了道难题

尽管

公路塌方

山体滑坡

通信中断

却无法阻挡军人

向您挺进的坚强步伐

尽管

风雨雷电

泥石滚滚

余震不断

但军人翻山越岭

不怕艰辛

克服万难

仍用双手为受灾群众撑起生的希望

用忠诚为祖国母亲分忧

断垣残壁下

军人用双手

奋力抠出多少个生命

崎岖山路旁

军人用双肩

扛出多少个受灾群众

您看见了吗

这就是我们可爱的军人

用鲜血铸就的忠诚

回眸历史

那是 1935 年 4 月

中国工农红军第四方面军长征进入北川

那时的北川

男女老少踊跃参军支前

修路架桥

打通峡谷通道

为红军顺利西进

作出了不可磨灭的贡献

在北川人民心中

您同样是一位英雄的母亲

虽然没有保护好自己的孩子

但我们坚信

在祖国母亲的关怀下

在不久的将来

您一定会重新屹立

请见证中华民族的众志成城

海洋强国的曙光

——写在我国首艘国产航母首次试航的日子里

尹元会

一

承载着多少年的期盼

承载着多少人的梦想

2018 年 5 月 13 日 7 时许

在这初夏的早晨

笛声悠扬

划破寂静的长空

我们的首艘国产航母开始试航

翌日

在朝霞漫天的时候

我登上异乡的山岗

来不及揩去额头上的汗水

急忙踮起双脚

向那遥远的北方海域眺望

我多想端详

航母那伟岸的身躯

我多想倾听

航母汽笛那醉人的鸣响

二

站在高高的山岗

旭日冉冉升入苍穹

白云缓缓飘向远方

历史长河的涟漪啊

也在我心中久久荡漾

凝眸过往

我仿佛看见

郑和统帅他的舰队

乘风破浪

挺进在浪涛滚滚的红海

扬威在辽阔的太平洋印度洋

七下西洋
没有称霸
没有扩张
把炎黄的文明和友好
把东方大国的先进和风尚
带给异国
传给他邦
自豪啊
骄傲啊
我自豪着华夏的雄风
我骄傲着故国的辉煌

回首曾经
我也仿佛看见
甲午海战的战场
北洋水师全军覆没
邓世昌壮烈殉国万世流芳

甲午海战
那是国家的耻辱
那是民族的灾荒

悲愤顷刻溢满我的胸膛

纵然有晨风阵阵送爽

纵然有小鸟在身旁的枝头歌唱

怎么能止住我眼中的泪滴

怎么能拂去我心中的忧伤

三

站在高高的山岗

我纵目啊

我纵目到

在北方的海域

在我可爱的故乡

泛起了海洋强国的曙光

站在高高的山岗

我展望啊

我展望到

我们强大的航母舰队

喷薄欲出

即将驰骋在蔚蓝的海洋

捍卫世界的和平

镇守祖国的海疆

港珠澳大桥

邵悦

55 公里的长度，乘以

年年岁岁跨海往返的里程，就等于

两岸同胞心手相连的长度

33 节钢筋混凝土沉管对接的海底隧道

加上后浪推前浪的奔涌，就等于

两岸同胞世代相融的深情

千百年了，我们心中早就架起

这座连心桥，互通不老的乡愁

梦想，从来不会主动走向我们

我们必须大步向它走过去，风雨兼程

无须铺垫，无须语言，无须隐喻

港珠澳大桥，横空出世

——起于海，又止于海

超越此岸，归于彼岸

大海洋上的漫游者，海底隧道的
穿行者，给世界以最大难度的
"深海之吻"——
5664 米长，75000 吨重

伶仃洋的波澜，涌动了那么久
却没有谁在我们之前
敢去"跨"它一下，更没有谁
敢去"深吻"它一下
伶仃洋里，不再叹伶仃
我们以最长、最大、最重的气运
书写中国新时代的格律诗
以精心、精细、精准的崛起
给世界一个平平仄仄的韵律

没有比桥，更直达希望的路
没有比跨越海潮，更澎湃的激情
大海洋，一座桥梁的臣服者
跨海大桥，一个大国崛起的丰碑
建造者、筑梦者——
我们以静水流深
降服万物，又恩泽万物

大洋之上，"一国两制"框架之下
港珠澳大桥，这枚闪光的奖章
别在华夏民族昂首阔步的胸前

复兴号，开往沂蒙的春天

李文山

一

改革开放四十周年的捷报刚刚收悉

黎明就为我们送来了人民共和国七十华诞

济莱临高铁开工的消息伴随着春天的花香

时速由二百五十公里提高到三百五十公里

继新亚欧大陆桥的六条铁路在临沂交汇

我们又将迎来复兴号的汽笛鸣响

沂蒙微黄的皮肤泛出耀眼的稻浪

祖先给我的黑头发轻轻飞扬

遥望我们心目中的北京人民大会堂

世代不变的黑眼睛一闪一闪

眼角有幸福的泪珠，划过期盼的脸庞

我们正大踏步走在民族伟大复兴的路上

比任何时候都要接近自己的梦想

十九大已经开过了，时光静好

总书记那亲切暖人的话语让我们心情激荡

我们在我说起您的时候

高大的银杏正挂满了累累白果

一颗一颗，像锦囊十足的东方智圣

剖开可见鞠躬尽瘁的纯洁

沐浴着春天爽爽朗朗的阳光

新中国的七十年不同寻常

毛泽东用如椽大笔写下平平仄仄的诗行

中国人民从此站起来了

是老人家写在东方大地最得意的构想

最后一块布，做军装

最后一口饭，做军粮

最后一个儿子，送战场

常于小米的滋养，再加上步枪的征战

共产党人便具有了战略家的目光

人民养育我们，我们要让人民吃饱穿暖

成为老一辈革命家笔下最美最炫的意象

改革开放的四十年不同寻常

祖国啊，在我们说您的时候

我就会想起四十年前的那个小个子四川人

巨手一挥，推动思想大解放

乍暖还寒的中国摸着石头过河

十八枚红手印以群众首创的诗眼闪亮了整个东方

我们顶着欧风美雨奋勇前行

四塞之崮、舟车不通的人买天下、卖天下

让锦绣大地勃发出震惊世界的力量

砥砺奋进的五年不同寻常

祖国啊，在我们说您的时候

我就会想起五年前坐着班车进城打工的红嫂

怀里还揣着滋养红色革命的鸡汤

那时农民工还没有像城里人一样挺直腰杆

牵着自己的孩子上学求教或者就医问药

战战兢兢递上皱巴巴的暂住证

不想却被弹簧门内弹得晕头转向

头一回在自己故乡之外，四顾茫然

只得低下那张锅灰与泥浆染黑的脸庞

今天，我要说我亲爱的祖国啊

是您在曾经站起来、富起来的历史烟云里

山水沂蒙是我们的宝贵优势和品牌

以一块红头巾包裹了华夏复兴的梦想

再次从几千年长河中漂洗脱浆

山顶松柏戴帽、山坡果林缠腰

山下良田成片、河沟鱼鸭欢跳

破除二元结构，推进城乡一体

深化改革努力为，甩开膀子加油干

从和谐号嬗变为复兴号的动车

目标锁定于新时代明媚的春光

不仅仅是速度的简单提升

不仅仅是质量的科学飞跃

中国强起来，中国强起来，中国强起来

精准扶贫，不让一人止步于全面小康

一面铁锤与镰刀交相辉映的旗帜

在红色沂蒙成为全世界最崇高的仰望

二

春天，您捧着沂水蒙山的笑靥款款而来

春天，您踩着中国物流之都的节拍翩翩而来

复兴号，开往沂蒙的春天

当京沪高铁二线进入国家十三五规划

又传来鲁南高速铁路即将通车的号外

在黄海之滨，在山东东南，在世界东方

在地处长三角经济圈与环渤海经济圈结合点

一路高歌的您，风姿绰约是那样的令人神往

祖国啊，我是您天空中一只震旦鸦雀

携着沂蒙七十二崮山清水秀的晨曦呢喃

祖国啊，我是您田埂边一株沂州海棠

含着世界滑水之城六河贯通的露珠歌唱

我是您大海上一尾脊鳍鲸鱼

踏着最佳文化生态旅游城市的命运冲浪

在权力遭遇腐败挑战的尴尬岁月里

我把焦灼的眼神定格于鲜血染红的党旗之上

没有免罪的丹书铁券，中国没有铁帽子王

世界上更没有腐败分子的避罪天堂

得罪千百人，不负十三亿

打虎拍蝇的力度前所未有

我在《永远在路上》找到了激浊扬清的希望

祖国啊，在党与魑魅魍魉生死存亡的搏斗中

我倾听到了紧要关头猛药去疴最激烈的绝响

在复兴号风驰电掣的八纵八横高速铁路网

我登上了幸福加速迈向全面小康的起点站

祖国啊，"两个一百年"将为未来校正前进的方向

我们这些吮吸着您乳汁长大的儿女

就是一株向日葵，永远向着自己心海里的太阳

三

祖国啊！我所有的圣洁都只因为您

祖国啊！我所有的担当都只因为您

祖国啊！我所有的忠诚都只因为您

建党一百年后，我想自己可能会拄起拐杖

但我依然会像孩童时代蹒跚在您的山峦

不忘初心，继续前进

让漫山遍野的花果和我一同酿造蜜汁

看得见山，望得见水，记得住乡愁

还记得住我奉献给祖国的一颗忠心赤胆

建国一百年后，我想自己可能已不在这个世上

但我留下遗嘱让我的子孙去追寻您的荣光

让他们依然如少年之我一样

沿着"一带一路"开辟的崭新航道

在风平浪静的水域去扯您船上的帆

像海鸥那样快乐着，停泊或飞翔

新时代、新思想、新使命、新征程

复兴号擘画的宏伟蓝图是那样的催人奋进

若干年后，我的笑容将风化成沂蒙石

若干年后，您的青春事业将风采依然

我们对改革开放四十周年最好的纪念

就是要在改革开放上有新作为，有新担当

走过千山万水，仍需跋山涉水

将改革进行到底，推动中国巨轮再度乘风破浪

祖国啊！您描绘的那个春暖花开的复兴梦

是我，也是您所有的孩子们

生命中最朴素最坚定最真诚的永远向往

小道与大道

——献给改革开放 40 周年

江凡

1

时光如水，而望城冈的春天，一往情深

一条小道，蜿蜒在南昌北郊的山冈上

在这片被崭新命名为"新建区"的大地

这条小道，将一个大写意的春天唤醒

这条小道，将无数双探寻的眼眸牵引

这条小道，将一段深重的历史与传奇铭记

这条小道，与乡道、县道、国道紧紧相连

与真理之道、光明之道、正义之道紧紧相拥

与国家的命运与世道人心紧紧依偎

在中国乃至世界的宏大版图上

这条看上去并不起眼的小道

却构筑起一条人心所向与中华复兴的康庄大道

2

青松掩映，修竹摇曳，月桂葱郁

山茶花蓓蕾初绽，桃花梨花早已芬芳满庭

鸡鸣三声，晨曦和煦

废弃的南昌陆军步兵学校"将军楼"里

走出了一位神情镇定的老人

7:35 从家动身，一条小道

沿着荒坡与田埂徐徐延伸

红土为盖、芳草丛生，1.5 公里，3000 余步，25
　分钟

已经 65 岁的老人脚下生风，一路疾行

从住处到工厂，一天两个来回

委屈与失意早被踩在脚下

两旁，雪白的栀子花芳香四溢

3

1970年的初春，乍暖还寒

新建县拖拉机修造厂的车间里

锤子与钢锭碰撞出沉闷的声响

一张铣床前，一个叫"老邓"的老钳工

一丝不苟，汗湿衣衫

只见他，一手握着钢挫，一手拿着齿轮

把命运的起起落落与人生的悲喜荣辱

一次次细心啮合，耐心磨砺

三年，一千多个日子，

老钳工一丝不苟，目光专注而坚定

4

春光不可负，春时不能误

"将军楼"院子里，这位老人乘着春雨浸润

在两片新拓出的菜地上松土

种上了白菜、辣椒、丝瓜、苦瓜和豇豆

此刻，这位老人不仅仅是一位园丁

更是为人儿、为人父，为人夫

别看他上了岁数，作为家里唯一的"壮劳力"

他种地、养鸡，劈柴、生火

最惬意的，是喝一小盏烈酒

遥看窗外梅岭，山峦辽阔

最深沉的，是在黄昏落日之前

绕着院子一圈圈散步

那是在忧思他的祖国和人民的命运前途

5

寒冬遮不住，梧桐新叶出

1973 年 2 月，春天的讯息传遍江南

长满了大地、旷野、山坡

还是这一位老人

他从车间里走出，拍拍身上的尘土

他从小道一路往前，越过长江黄河、大地神州

回到人民的首都

他带着最亲近泥土的思索

和最贴近人民的初心与真挚

设计了从一条小道迈向

中国特色社会主义大道的旷世宏图

哦，这条小道，人们把它亲切地唤作"小平小道"

它蜿蜒曲折，通往繁花簇拥的时光深处

哦，这条小道，它一点也不宽敞

却从磨难与探索中指引方向，凝聚力量

哦，这条小道，它志向高远

挣脱江河湖海的阻隔羁绊，奔向远方，拥抱世界

哦，这条小道，它春风浩荡

紧贴着爱意深沉的大地，抵达十三亿人民的心坎

辉煌之路　我们一起走来

——写给新中国成立 70 周年

张继炼

1

你走来

从 70 年前婴儿的啼声中走来

这声音

是大千世界一粒小小的尘埃

这声音

是日月星空的一颗新星

是新生命的唤醒

是红旗猎猎的响动

是中华人民共和国的国歌

我们走来

从十八岁的浩瀚的腾格里沙漠走来

煤油灯下

阅读人生

苦菜充饥

补丁满衣

牵着岁月的驼毛缰绳

踉跄而又执拗地穿越戈壁

向着高考的大门——走来

2

你走来

从母亲产房的阵痛中走来

母亲是通往殿堂的层层楼梯

纵是百人走过

千手摹过

我们记住了辉煌

母亲是成功路上的一座座桥梁

纵是百年洪水，千年沙尘

仍然拥有了巅峰

我们走来

从党政大楼彻夜的灯光中走来

青涩泪滴

成熟文字

见证历史

奉献人生

浪漫写在青春情怀

向着绚丽多彩的人生走来

3

你走来

从 70 年日新月异的变化中走来

一段段纷杂的历史

是您饱经沧桑的皱纹

皱纹里有人造卫星和原子弹

皱纹里有可燃冰和航空母舰

皱纹里有改革开放

有香港澳门回归

有"一带一路",神舟飞船!

我们走来

从农村滚滚的麦浪中走来

责任到田

温饱小康

我们从工厂隆隆的车床声中走来

中国制造

世界名扬

一个又一个世界奇迹

向着追赶最大经济体的高铁速度走来

4

你走来

从东风航天城起飞的梦想走来

载人航天

神舟飞船

天宫一号

东方红赞

一个又一个世界第一

从中国人的心窝升起

向着航天强国的辉煌走来

我们走来

从千里草原的胸怀里走来

八千里路盛世草原

莺歌燕舞绿毯织就亮丽风景

七十华诞盛装北国

"美丽的草原我的家

风吹绿草遍地花"

中国第一个少数民族自治区

向着民族团结的明天走来

5

你走来

从千年丝路的驼商古道走来

日行夜宿

半月千里

风沙弥漫

驼铃从额济纳摇向定远营

一生中的艰难跋涉

范长江看到了贺兰山

我们走来

从乌巴路口向着京新高速走来

贺兰草原

长河落日

高路云端

戈壁彩虹

群雄筑路碧空静

千里古道一日还

向着世界最美的边塞天路走来

6

你走来

从沙海中千眼湖泊摇曳的芦苇里走来

飞机播种

锁定黄龙

百里长带

绿色长城

二百毫米降水之下

飞机播种造林成功

向着生态保护的全国示范区——走来

我们走来

从英雄会场的高速公路走来

披着浓荫

挽着绿浪

驾着白云

接吻蓝天

走进新时代

飞越城市与未来

向着世界瞩目的目光——走来

7

你走来

从十八大的"从严治党"方略走来

铁腕反腐

从严治党

老虎苍蝇一起打

服务中心建队伍

传导能量凝心聚力

厚植党员意识

筑牢战斗堡垒

我们走来

从苍天般的阿拉善走来

新中国生

红旗下长

英雄北疆

美丽家园

建设亮丽内蒙古

共圆伟大祖国梦

向着实现中华民族伟大复兴的中国梦——走来